U0058802

以為飛來豔福？

那些…並不會吸乾你的身體…

只會令你賠上半生

撿屍魔

藍色水銀　著

天空數位圖書出版

序

　　寫撿屍魔的時候，不經意的想到了德州電鋸殺人狂，這部四十多年前的恐怖片，就當時的狀況，已經算是非常變態與可怕，不過，我決定讓它更變態更可怕，所以，在看之前請做好心理準備，以免惡夢連連，千萬別跟我的第一任女友一樣，看完麥可傑克森的電影顫慄之後，還得去收驚。

　　很久沒用手寫草稿了，撿屍魔是在我父親住院的時候寫下原稿，然後才改成正式版的，一邊寫一邊看著熟睡的父親是否醒來，所以改掉的部份其實還蠻多的，加上美麗的護士不定時的巡房會打斷我的思緒，所以寫作的環境蠻糟的。

　　原本在醫院是想寫別的東西，但有一位美麗的護士，樣子實在是很像我的第一任女友，每看到她一次，就想起一次往事，終於，情緒控制不住，乾脆把自己放進恐怖的小說情節裡，逃

避那張漂亮的臉孔與帶電的眼睛，這招果然還是蠻好用的，我順利逃過傷心往事被全面捲起。

藍色水銀

目錄

後　記

一、撿屍魔

1. 夜店

　　夜店裡，播放著震耳欲聾的音樂，數百個年輕人隨著音樂搖擺著身體或拼命點頭，但有一個人例外，他坐在二樓，偶爾拿起望遠鏡，監看著樓下的狀況，他是夜店的總經理，但二樓還有一些貴賓，這些人並不是來跳舞的，有些是來喝悶酒的、買點毒品的、找尋漂亮女生的、找一夜情的等等，角落裡，有個年約三十歲的男人，長髮過肩綁著馬尾、膚色蒼白、眼神空洞、但有一雙粗壯的臂膀，穿著花襯衫，緊身牛仔褲，他每天都坐在同一個位置上，一個人靜靜看著一樓的人們，他甚至連酒都沒喝，只點了一杯可樂，而通常也只是喝一口到兩口。

　　午夜兩點半，播放慢歌的同時，開始有人離場，有的神智清醒還可以開車或騎機車，有的還在搖頭晃腦，連走路都走不好，有的上了計程車，或是三三兩兩在大街上發酒瘋，陰暗的角落裡除了大垃圾桶，還有一雙眼睛正盯著躺在人行道上的女孩，她喝得醉醺醺，已經不省人事，但沒人理她，等夜店裡都

沒人再走出來時，這個女孩被一個蒙面黑衣人抱到大垃圾桶旁，裝進一個廚餘桶中，放在手推車上，消失在黑暗的巷子裡，接連十多天，這個蒙面人都至少得手一次，有時還帶走兩個女孩。

　　事情終於還是被發現了，因為許多被害人的親友報案，種種跡象都顯示失蹤的十八個女孩都曾經來過這家夜店，之後就失去了蹤影，但是警方調閱了許多附近的監視器，都找不到運送的車輛或是可疑的人，就在此時，蒙面人在遠處發現警察在辦案，他決定暫時收手，開始他的下一步。下水道裡，蒙面人推著手推車，上面是稍早得手的女孩，一樣被裝在廚餘桶內，走了幾百公尺後，來到一處出口，幾乎沒有燈光，女孩跟手推車被抬上一部冷凍車之後，注定了她失蹤的命運。

2. 養豬場

　　養豬場裡，數百頭豬，冷凍車開了進來，停在一處倉庫之前，電動門打開之後，車子開了進去，車停好之後蒙面人把面罩拿下，是那個夜店的常客，天天坐在二樓角落的那個長髮男

人，他把女孩從廚餘桶內拉了出來，用塑膠束帶綁住女孩的雙手、雙腳，然後用手推車把她推到倉庫後方，按下一個按鈕之後，工具櫃忽然移動了，那是一個暗門，藏著一部電梯，進了電梯之後只有地下一樓跟一樓的按鈕可以選擇上下，下去地下一樓之後，是一個非常大的地下室，約三百坪大，左邊整齊地躺著十幾具赤裸的屍體？又或者那些不是屍體，是模特兒衣架？還是蠟像？昏黃的燈光下，只有這個撿屍魔知道那些是什麼！他把剛剛抓來的女孩推到最亮的地方，那裡有個蓮蓬頭。

撿屍魔拿出一把小小的美工刀，將女孩身上的衣服一小片一小片的割下，並把碎布丟進一旁的垃圾桶，直到剩下內衣跟內褲，接著女孩的雙手被鐵鍊捆綁，手掌高過她的頭，撿屍魔點了一盞攝影棚內才會用的燈，還有柔光罩在上面，調整了高度跟位置之後，拿起一台單眼相機開始拍照，過了一會，他把相機放到一旁，再度拿出美工刀，女孩的內衣被割斷肩帶，露出豐滿的胸部，撿屍魔臉上一抹詭異的微笑，眼睛直盯著女孩的胸部，然後再割斷內褲的外側，這時的女孩是全裸的，撿屍魔再度拿起相機猛拍，甚至還換了鏡頭繼續拍，放下相機之後，

拿起蓮蓬頭朝女孩的頭髮、胸部、下體、大腿、屁股沖水，並抹上一些洗髮精、沐浴乳，此時女孩終於醒了，但睜開眼睛之後只能看到眼前的一小塊區域，撿屍魔此時已經脫光身上的衣物，背上一條長約二十公分的疤痕，他站在女孩的身後開始撫摸她的身體，女孩想尖叫，但只叫了幾秒，膠帶封住了她的嘴，女孩開始掙扎，鐵鍊發出鏗鏘的聲音，撿屍魔開始將女孩沖洗直到乾淨為止。

3. 性侵

用毛巾擦乾女孩身體之後，撿屍魔解開鐵鍊，將女孩抱到一旁的床上，三盞攝影燈投射在她身上，深藍色的床單讓女孩的皮膚顯得更白皙了，天藍色的枕頭上，女孩驚恐的眼神看著撿屍魔，女孩的四肢被一一上銬，然後呈大字型躺在床上，嘴上的膠帶被撕下後，撿屍魔立即拿注射針筒朝她的脖子刺了下去，女孩來不及尖叫，嘴巴就被撿屍魔用手摀住。

　　過了一會兒，也許是藥效發作了，女孩開始出現幻覺，全身發熱的她臉都紅了，撿屍魔在一旁調整燈光的位置，將三部不同角度，但固定在腳架上的 SONY-A7S 單眼相機切換至錄影模式，然後開始親吻女孩的耳朵、胸部、下體，其中一部相機的畫面正錄製著他伸出舌頭舔著下體的畫面，女孩不自主的呻吟，聽在撿屍魔的耳中自是十分興奮，確定了女孩的陰部已經濕了之後，握著自己的陽具輕輕插入女孩的陰部，或許真的是藥效的關係，女孩不但沒有反抗的意圖，反而又呻吟了幾聲，於是撿屍魔解開她腳上的手銬，讓他可以做更多種的姿勢，而隨著女孩更多的呻吟，撿屍魔加快了動作，幾分鐘後停止了動作，他用力抱住女孩並親了她的臉。

　　全身赤裸的女孩此時藥效稍退，但全身無力，半夢半醒著，撿屍魔也是赤裸著身體，他將三部相機中的記憶卡取出，用一旁的電腦觀看剛剛拍攝的畫面，臉上露出詭異又得意的笑容，三個角度都看完之後，他瞪著就在旁邊的女孩，再度拿起針筒，朝她的脖子注射，這次撿屍魔更大膽了，他解開女孩雙手的手銬，做了更多種姿勢，女孩因為藥效的關係，不由自主的呻吟，

讓撿屍魔越發興奮，剛剛才射精過的他，讓這次的性侵過程變久了，經過一小時左右，他累了，女孩的藥效退了，於是女孩又被上銬，呈大字型躺著。

4. 矽膠娃娃

當燈光打在整排的屍體上時，撿屍魔走過去，一一仔細觀看，原來這些並不是屍體，而是矽膠娃娃，但長相跟身材幾乎跟那些失蹤的女孩相同，一旁還有模具跟原料，這時撿屍魔的笑更詭異了，他轉頭看著床上的女孩，慢慢走向她，輕吻她的額頭跟臉，女孩又挨了一針，沒多久就昏迷不醒，撿屍魔將她抱起，開始製作這女孩的矽膠娃娃。

女孩赤裸的被冰到冷凍庫裡，經過數小時後，女孩早已失去氣息並全身僵硬，撿屍魔把女孩搬進一個長方型的大鐵盒中，在她身上塗了一層藥劑，然後將石膏倒進去，直到石膏的高度達到女孩身體一半的位置，石膏略乾之後，也塗上藥劑，然後把石膏灌滿整個鐵盒。

等待石膏完全乾掉的時間裡，撿屍魔從冷凍庫中拖出三具屍體，用電鋸肢解她們，接著把屍塊放入二個廚餘桶內。養豬場的另一處，專門在加熱廚餘的地方，一個大鍋子，裡面的屍體已經加熱許久，早已骨肉分離，撿屍魔撈起大塊的骨頭跟頭骨，裝在一個黑色塑膠袋內，再用濾網撈起肉，放在另一個鍋子裡，等待冷卻。接著三具被肢解的屍體也被倒入加熱的大鍋子中，等水滾了之後便把火關小一些，此時的他把已經稍微冷卻的肉搬上手推車，推到豬舍，把肉拿來餵食他所養殖的豬，面無表情且眼神空洞的他，耐心地等豬把肉吃完，再用一旁的噴水設備將地板沖乾淨。幾個小時之後，三具被肢解的屍體也骨肉分離，相同的動作又被重複，原來所有的受害者都被製作了她們的矽膠娃娃，之後屍體被拿來餵豬。

撿屍魔拿起裝骨頭的黑色塑膠袋，開車到了一個很偏僻的地方，用圓鍬挖了一個洞，把這些骨頭埋了，然後回到地下室呼呼大睡。

5. 女警失蹤

　　夜店裡一如往常，並沒有因為失蹤那麼多人而生意受到影響，而因為撿屍魔十多天沒出現，天天都大隊人馬埋伏的警方，只留下兩名便衣在車上，還有一個假裝醉倒的女警，撿屍魔在遠方拿著望遠鏡，嘴角微揚，那詭異的笑容又出現了，他在遠處非常有耐心的等，直到兩名便衣同時打瞌睡，由於非常熟悉地形，所以他無聲無息地出現在女警旁邊，並迅速的拿出針筒朝女警脖子注射，女警嘴巴被摀住無法忽救就被抱到黑暗處，過了幾分鐘，其中一個便衣醒了，看不到女警便匆忙下車，另一個人被關車門的聲音驚醒，發現不對後立即用無線電呼叫，不過此時撿屍魔已經在下水道裡，數百名警察忙了一整夜，一無所獲。等到警車全部撤離之後，撿屍魔才從容不迫的開車回到養豬場。

　　可憐的女警成了第十九個受害者，不過撿屍魔沒有拍照跟錄影，直接性侵她，並很快的把她肢解、餵豬。把之前拍攝的照片、影片全部上傳到色情網站之後，他把硬碟中的資料全部

刪除，接著把地下室清洗的非常乾淨，只留下那十八具矽膠娃娃，攝影燈具、腳架、相機都搬到倉庫鎖上。然後把剩餘的骨頭載去埋掉。

女警的失蹤震驚了警界，警局裡的會議，氣氛十分地低迷，眾人都束手無策，一名年輕的員警，說了用法術找人的提議，但他的長官並不接受。

「荒謬，知不知道自己在說什麼？」

「對不起，我失言了。」

但他會這麼說並不是沒有根據，在他六歲那年，她的母親一如往常在河邊洗衣服，被午後雷陣雨造成的山洪暴發沖走了，找了幾天都沒有發現，到最後是他的母親托夢給他，才在下游一處深潭中找到。這件事雖然帶給他無法抹滅的陰影，卻也開啟他學習陰陽界溝通術的大門。他回憶當年的事情，腦海浮現了畫面。

「阿義，我可愛的兒子。」

「媽？妳在那裡？我好想妳。」

「我已經死了，從家裡往下游一直走，快到火炎山的時候，有一個很大的深潭，我被卡在那裡已經七天了。」

「媽？媽？」此時的他從夢中驚醒。

「爸！爸！快起來，我知道媽媽在那裡了。」阿義搖醒睡夢中的父親。

「什麼事啊？」

「我知道媽媽在那裡了。」

「你在胡說什麼啊？」

「我真的知道媽媽在那裡啦！」

「別吵了，我好累，我要睡覺。」確實，找了七天，阿義的父親身心俱疲。

「阿公，快起來，我知道媽媽在那裡。」於是阿義把目標轉向祖父，他的祖父起身後，坐在床邊仔細聽完阿義的陳述，洗了臉後就把阿義的父親叫醒，召開家庭會議。

「阿義說的有幾分道理，這孩子從沒聽過火炎山，卻能說出那裡有一個深潭，所以我決定，天亮之後找警察幫忙。」 於是在潛水伕的幫助之下，阿義的母親得以順利被找到。

6. 探源追溯

「師父，已經失蹤了十九個女孩，包括一個女警，我必須假設她們全都死了，還請師父出馬，主持公道。」阿義在一個中年人家中。

「阿義，要找到她們並不困難，可是萬一她們都成了冤魂或是厲鬼，憑你我的功力恐怕無法全身而退。」

「那怎麼辦？」

「找我的大師兄：陳金海。」

「常常上電視那個陳金海？」

「是的。」

「大師兄。」

「師弟，什麼都不用說，我知道你為什麼找我！」

「真的嗎？」阿義有些懷疑。

「年輕人，你很有正義感，我可以幫你破案，但你要當我的傳人，八年後我將有一難，需要這些冤魂相助，而你必須在這八年內，跟這些冤魂好好相處，等這劫難過了，她們才能去投胎轉世，你辦得到嗎？」

「沒問題，請受徒兒一拜。」

「好，把資料整理好，從那個女警失蹤的時間及地點找起。」

陳金海站在女警失蹤前假裝醉倒躺下的地方，閉上雙眼不斷默念女警姓名：張怡真，忽然間一道閃電擊中大垃圾桶旁的廚餘桶，陳金海接著口中唸唸有詞，唸了一句探源追溯之後，

陳金海眼睛張開，不過他看到的不是現在，而是女警被抱進廚餘桶的那一刻，直到她被肢解的畫面，陳金海再也控制不住自己的情緒，抽離那個畫面。

「找到了，不過她已經死了。」夜店附近的咖啡廳裡，陳金海詳述了事情的經過，阿義除了錄音，也拿出紙、筆紀錄一切。

「可以抓人了嗎？」

「還不行，屍體還沒找到。」

「要等到什麼時候？」

「你先聯絡我師弟，我需要十四個人護法。」

三天後，陳金海的十四個師弟或同行，拿了一個八尺長、寬的布八卦，放在女警失蹤的地方，陳金海盤腿坐在正中央後，其他人分別坐在兩儀、四象、八卦的位置並面向外側，陳金海花了許久的時間，才一一將受害的經過看完，確定一切的狀況之後，臉色鐵青的從過去的時光回到現在。

「阿義，聯絡法醫、檢察官、你的長官，一組去抓人，記得把電腦硬碟還原，裡面有拍攝性侵的過程，不過檔案已經被刪除，三部相機裡面的記憶卡應該也有，另外一組人跟我去挖骨頭，那裡沒有人帶路是找不到的。」

「挖到了。」河道附近的沙洲上。

「怎麼這麼少？」法醫問挖掘的員警，因為除了頭骨跟一些較大的腿骨，幾乎都不見了。

「其他的被豬吃掉了。」陳金海用悄悄話告訴法醫。

「太可怕了，怎麼會有這種人？」法醫大為震驚並說。

7. 惡魔落網

警方包圍了養豬場，順利抓到撿屍魔，他起初並不承認自己的犯行，被拘留的期間並沒有說話，直到磁碟機被還原，播出其中一段性侵的影片之後，他才承認所做的一切，此時的他逐漸恢復了人性，從頭到尾的說了自己的事。

　　那是二十年前的事了，當時的他只有九歲，媽媽帶著他來到養豬場，一個年約四十歲的中年男人站在他面前。

　　「阿傑，叫爸爸！」他的母親要他這麼做。

　　「妳想怎樣？」那男人似乎不太高興。

　　「我生了重病，很快就會死了，我不希望阿傑不知道自己的父親是誰！」

　　「誰知道他到底是不是我的小孩？妳跟那麼多男人上床過！」男人似乎不想要這個小孩。

　　「你說什麼？要不是你趁我喝醉強姦我，我會生下他？」

　　「就算我強姦妳，也不能證明小孩是我的。」

　　「你這個沒良心的，我跟你拼了。」一陣扭打之後，阿傑的媽媽被一拳打中鼻子跟眼角，接著被棍子猛打了一陣，那男人近乎瘋狂的攻擊，其中幾次打中了頭部，小傑想保護母親也挨了兩棍，痛得在一旁打滾哀號，等小傑比較不痛起身的時候，他的母親已經奄奄一息。

「媽！媽！」小傑的眼淚奪眶而出，抱著已經失去氣息的母親，不發一語，連續三天三夜都沒起身也沒鬆手。

「臭小子，你媽已經死了，還不走？」那男人對小傑說，但小傑沒有反應，眼神空洞，依舊抱著那具冰冷的屍體。沒想到那男人一腳踢過來，小傑痛到爬不起來，男人扛起屍體並把她丟進加熱廚餘的鍋子裡，然後把肉撈起來餵豬，骨頭則是丟到一旁的河裡，此時的小傑自知無力反抗，只好任由那男人污辱自己。

「吃飯了，臭小子。」那男人裝了一碗飯，還有幾片青菜，已經三天半沒有吃飯的小傑沒得選擇，很快就把飯吃得一乾二淨。

「你好臭，走，我帶你去洗澡。」男人的態度似乎有所改變，因為小傑的媽媽並不是他說的那樣。男人一面幫他洗澡，一面想起自己與小傑媽媽之間的事。

8. 由愛生恨

　　原來小傑的父母是青梅竹馬，但他們並沒有因此結婚，女方在二十歲的時候嫁給了一個外地來的商人，商人幾年後經商失敗自殺，小傑的母親後來改嫁同村的同學，他的父親對這兩件事一直耿耿於懷，直到有一天，小傑母親的第二任丈夫病死，小傑的母親那天因為心情不佳，喝得酩酊大醉，小傑的父親在服喪的地方看到了她，於是趁小傑的母親喝醉時性侵得逞。

　　小傑的母親就是在這次性侵中懷孕並生下他的，為了撫養小傑，她每天在田裡工作，皮膚曬得黝黑之外，晚上還在酒吧兼職服務生，久而久之，身體越來越差，終於，她累倒了，醫院裡，醫師面色凝重的告訴她病情。

　　「陳小姐，我不想嚇妳，是肝癌，已經是末期，趕快交待後事吧！」

　　「我知道了。」躺在病床上的她更顯憔悴。

於是她決定要讓小傑知道自己的父親是誰，所以才會到養豬場，只是沒想到她會被活活打死，因為含冤而死，所以她的冤魂一直在養豬場盤旋，每天晚上都會出現，看看小傑是否有被好好對待。

「小傑，談談妳媽媽的事。」小傑的父親問。

「她每天要到田裡工作，晚上去那裡工作我就不知道了。」

「你們住那裡？」

「媽媽生病之後，付不起房租，我們搬去跟外婆住。」

「之前有唸書嗎？」

「唸到國小二年級，我已經一年沒唸書了。」

「好，從明天開始，你白天去唸書，下課後幫我養豬。」

「你為什麼要對我這麼好？」

「你是我兒子，我當然要對你好。」

「那你為什麼要打死媽媽？」

「這…」小傑的父親無言以對。

「記得，如果你不對阿傑好一點，我會天天纏著你。」小傑的母親化成了冤魂，入了小傑父親的夢。

「我知道，我會對他很好的。」

「如果被我知道你對他不好，我會讓你死的很慘。」

「你放心，他是我兒子，我不會虐待他的。」阿傑的父親幾乎每晚都做這個夢，今天也不例外，而每天都準時在午夜兩點半驚醒，因為他每次夢醒前，都會看到一把鎌刀，砍在自己的脖子上，血就從傷口噴出，這也是他為什麼要對小傑好的真正原因。

9. 殺父少年

小傑的父親因為不堪每天惡夢驚醒，找來道士將小傑的母親收服，或許是母子連心吧！小傑一股莫名的傷感湧上心頭，想起了母親，眼眶泛著淚光。當晚，他的父親就沒再做惡夢，

接連了一週之後，他以為得到解脫了，便喝酒慶祝，醉醺醺的他，自言自語。

「妳再囂張啊！還不是被我擺平了。」

「死了不投胎，還天天來煩我。」

「我告訴你，從現在開始，我不會再對那臭小子好了。」

「我要打死他，哈～～～」說完就拿起一根棍子，找到了小傑，開始追打他。

已經十三歲的小傑，被父親追打的同時，想起了母親被打死的那天，一時情緒失控的他，跑到工具室拿起一把鐮刀再回頭找他的父親，怒火難滅的狀態下，用力把鐮刀砍向父親的脖子，鮮血從脖子噴出，接著他的父親就倒地不起。等到他的父親已經失去氣息，他把父親丟進河裡。

死不瞑目的父親，跟他母親一樣，每晚都來吵小傑，小傑總是夢見自己被活活燙死而驚醒，不過他似乎不以為意，經過考慮之後，他決定先到派出所報案再說。

「我媽媽死了，被我爸爸打死後丟在河裡。」

「什麼時候的事？」警員問。

「四年前。」

「這麼久了？」小傑詳述了當年的事。

「你爸爸呢？」

「他不見了，已經一個月沒回家。」

「好，你先帶我去找你媽媽。」

或許是上蒼的安排吧？小傑父母的頭骨在同一個地方被潛水伕找到，因此小傑繼承了大筆的遺產，包括了養豬場和旁邊的一大片土地，以及十億元的存款。

10. 惡靈纏身

因為父母雙亡，所以小傑把外婆接到養豬場一起住，不過他的父親是惡靈，不止夜夜以惡夢騷擾他，也用相同的方式對

待他的外婆，沒多久，外婆就精神失常，把她送到精神病院之後，小傑的父親變本加厲的對付他。

那是鬼月的第三天，一個女孩來養豬場找小傑，她是小傑的同班同學：小雨。

「小傑，你一個人養這麼多豬喔！」

「對啊！小雨。」

「你爸媽呢？」

「都死了。」此時窗外忽然一聲雷，是午後雷陣雨的前兆，接著就下大雨了。

「下大雨了，可以讓我在你家躲雨嗎？」

「可以啊！妳去客廳吧！我要去餵豬了。」

「我可以幫你。」

「不必了，很臭的。」

「喔！」於是小雨在客廳等待，沒多久她就坐在沙發上睡著了，小傑的父親藉機入了小雨的夢中。

「妳喜歡小傑？」小傑的父親問。

「嗯！他對我很好。」

「既然如此，妳一定不反對跟他做愛嘍？」小傑的父親露出可怕的笑容。

「你是誰？為什麼這麼說？」

「哈～～～我是他老爸！」

「你想做什麼？」小傑的父親對小雨伸出狼爪，於是小雨驚醒了，驚魂未定的她看到小傑站在客廳門口，不過因為沒開燈，於是以為是小傑的父親，開始大聲尖叫。

「小雨？妳怎麼了？」小傑抓著小雨的雙肩搖晃著她。

「放開我！」小雨大聲說。

「小雨？」小傑繼續搖晃著她。

「放開我！」不過小雨卻忽然安靜下來了，但眼神空洞的樣子非常奇怪，接著開始脫去上衣跟裙子，小傑看到這一幕呆若木雞，在小雨脫光衣物之後，小傑再也忍不住，抱著小雨狂吻，兩人就在沙發上翻雲覆雨。不過，事情並不是這麼簡單，是小傑的父親控制了小雨的行動，就在小傑快要到達高潮之前，他的父親忽然離開小雨的身體，恢復了小雨的自由。

「放開我，你在做什麼？」小雨大聲斥責下，小傑停止了動作，呆呆地看著小雨，但兩人的性器官還是結合著。

「放開我啦！好痛。」小雨推開小傑，看著自己的下體流著血，然後抬起頭來瞪著小傑。

「你為什麼要這麼做？」小雨問。

「剛剛是妳自己先脫衣服，勾引我的。」

「我不信，這怎麼可能？」就在此時，小傑抓緊小雨又開始做愛，又或說是性侵吧！因為他的父親上了他的身。

「放開我啦！好痛。」不過小傑並未放手，因為小傑已經被他父親的惡靈完全控制住了，終於，性侵結束了，小傑的父親也離開了他的身體。

「你為什麼要這樣欺負我？」小雨一邊哭，一面說。

「一開始是妳先脫衣服，然後妳開始大叫還推開我，之後，我就沒辦法控制自己，直到剛才。」

「我不信，你為什麼編這樣的謊言騙我。」

「那妳還記得自己脫衣服嗎？」

「好像是有人拉著我的手脫的？」

「那就對了，一定是他在搞鬼。」

「是誰？」

「我爸，他死了之後沒有投胎，一直住在這裡。」

「好像是耶，我剛剛睡著，有夢見他，他還說我不會反對跟你做愛。」

「死老頭，還不快去投胎，到底想幹什麼？」小傑大聲咆哮著，他的父親在一旁得意的笑著，不過兩人都看不到，只能任由他擺佈。

11. 難產

幾個月的某天放學後，小雨挺著大肚子在回家的路上。

「我懷孕了。」

「那怎麼辦？」小傑問。

「我媽要我問你，你願意娶我嗎？」

「當然好啊！」

婚禮很簡單，因為小傑的親人全死了，所以沒有宴客，而小傑繼承了龐大遺產的事，早就傳遍全村，小雨的父母當然也知道，所以並不反對這門婚事。

很快的，小雨已經懷胎九月，挺著大肚子的她正坐在沙發上，開始陣痛，而小傑在開車把豬送到屠宰場的途中，小雨正

想拿起電話叫救護車,小傑的父親再度附身,沒多久小雨就痛不欲生,但她生不出來,胎兒的頭卡在陰道口,小雨就斷氣了。當小傑回到家的時候,小雨跟胎兒早已死亡,小傑抱著冰冷的屍體,足足哭了一天。

「小雨?小傑?」小雨的媽媽來到門外。

「怎麼了?」沒人應門,她就進了客廳,看到小傑不發一語的抱住小雨。

「到底怎麼了?」

「小雨難產,死了。」小傑哭紅了眼說。

「死了?」受不了刺激,小雨的媽媽當場暈倒。

把小雨的後事處理完之後,小傑開始藉酒澆仇,整天都拿著一瓶伏特加,坐在小雨的墓旁,眼神呆滯。不知道經過幾天,小雨的父母親才在墓地找到他,並把他帶回家。

「別管我,讓我一個人靜一靜。」小傑說。

「我知道你很愛小雨，她死了，我不怪你，可是看看你現在的樣子，對得起小雨嗎？」

「為什麼？為什麼我身邊的人都死了？」嘴巴都說破了但小傑還是無法從悲傷走出來。由於小傑藉酒澆仇，豬隻無人照顧，很快的，那些豬都死了，最後還引來許多蒼蠅在屍體上產卵，幾百隻豬屍上面長滿了蛆，並且發出陣陣惡臭，那種慘況實在讓人難以想像。

12. 行屍走肉

不知道過了多少天，小傑終於開始吃東西，他打開電視看到了夜店發生了打群架的事件，心想，他可以在那裡喝酒聽音樂，於是天天到夜店報到，久了之後，對附近的環境越來越熟悉，也知道偶爾有女孩會醉倒街頭，不過小傑對她們沒興趣。

只是小傑的父親並沒有放過他，偶爾會附身，看看他都跑去那裡了，那一晚，小傑正要從夜店回家，正巧一個女孩醉倒，小傑的父親便控制了他，把女孩抱到附近的暗巷中，脫光她的

衣服並性侵她得逞，或許是那個女孩沒報案吧！這件事警方並沒有來查，而小傑被父親控制的時候，他已經醉了，因此也不清楚發生了什麼！

就這樣，小傑莫名其妙的活到了二十五歲，之後因為同學的勸說，又開始養豬，而夜店，變成了偶爾才去的地方。只是命運乖舛的他，身邊的人又一個個出事，他知道，一定是他的父親在搞鬼，但這時的他，對一切都不感興趣，他不想面對這些，只想用酒麻醉自己。

13. 大興土木

夜店裡，有個男人知道小傑天天去，覺得很好奇，於是就找藉口坐在同一桌。

「你好，客滿了，可以一起坐嗎？」

「可以啊！」很奇怪的，兩人竟然聊開了。

「我是個記者，主要負責拍照跟寫新聞，你呢？」

「養豬。」

「真的嗎？改天帶我去參觀。」

「好啊！」兩人聊了幾個小時，都天亮了。

「不如現在就去你的養豬場。」

「那就走吧！」

「可以教我拍照嗎？」養豬場裡，兩人繼續聊。

「當然可以。」

「我想拍人體攝影，你會嗎？」

「當然會，不過這需要攝影棚。」

「那簡單，把這裡挖一個地下室來用。」小傑比著空地。

「那要花很多錢。」

「錢不是問題。」

「好，等地下室蓋好，我就教你。」

經過了半年，地下室完工了，攝影器材也買了，記者找了一個專門在當人體模特兒的女人，拍攝到一半，小傑的父親附身在小傑身上，找了藉口離開，記者則繼續拍，由於燈光聚集在模特兒身上，記者身旁幾乎是暗的，此時小傑拿一把鐮刀朝著記者的脖子用力一砍，記者來不及反應就倒地，模特兒開始尖叫。

「別叫，再叫就殺了妳。」

「你想怎麼樣？」

「只要妳乖乖配合，我不會傷害妳的。」

「好，我不叫。」這個人體模特兒常常被客戶要求性交易，她早已習慣男人對她有非分之想，只是她沒想到，一根針筒忽然朝她的脖子招呼，之後她就不省人事了，被性侵之後便被肢解餵豬，那個記者也是被餵豬，兩個人從此消失。

14. 惡魔伏法

「這些就是過程，其他的，你們應該都知道了。」小傑說出了主要的案情，當然也很快的三審定讞被判死刑，沒多久他就被槍決了，各大報跟電視台都以頭條新聞的方式報導整件駭人的事。

當晚，夜店依舊擠滿了人，一個失戀的女孩喝得爛醉，一樣被黑衣蒙面人從暗處用廚餘桶運走，過了一會，又有一個女孩因為跟男朋友吵架，也喝得爛醉，黑衣蒙面人也把她用廚餘桶運走了。當冷凍車開到養豬場後，蒙面人拿下面罩但眼神空洞，是夜店的總經理，他重複了小傑做過的事，把女孩綁起來、拍照、性侵、餵豬、影片上傳到色情網站。

當夜店總經理醒來的時候，是在夜店外的垃圾桶旁，他並不知道發生了什麼事，而他也一樣，每天都帶走醉倒的女孩到養豬場性侵，失蹤的女孩累積到十二人時，又引起警方的注意與調查。不過他們怎麼樣也查不到，因為小傑的父親已經發現了警察，暫時不會再出來害人。

15. 真相大白

「陳師父，又失蹤了十二個女孩。」阿義說。

「我知道！她們都死了。」陳金海說。

「你知道？」阿義驚訝地看著他。

「昨晚小傑托夢給我，說他父親的冤魂才是真正的凶手。」

「什麼？」

「那現在怎麼辦？」

「找師弟們來幫忙。」

「要多少人？」

「加上我七個，每個都要有一定功力。」

「我馬上聯絡。」

養豬場外，陳金海等人大吃一驚，除了剛死的十二條女孩的冤魂，還有滿天的豬魂，身上長滿了蛆的豬魂，但就是找不

到小傑的父親。花了非常久的時間和力氣，終於把這些冤魂全都收服。

「不對，總覺得還有。」阿義說。

「我知道，但已經過太久了，很麻煩的。」陳金海說。

「那要怎麼辦？」

「先回去，等我跟師弟們準備好再說。」

陳金海等人再度回到養豬場，鋪設好布八卦之後，他再度使用探源追溯，一直到四十年前，探源追溯整個過程長達三天三夜，當陳金海回到現實中，他顯得有些疲憊，看起來老了十歲的樣子，小傑的父親見狀，衝破了八卦陣，想跟陳金海鬥法，十四個護法的師弟或同行，個個使出渾身解數，怎知小傑的父親還有幫手。

「何方妖孽，為何幫助這個殺人魔？」陳金海大聲問。

「他是我的獨生子，我當然要保護他。」

「知不知道他做惡多端？」

「我當然知道，那些壞事都是我教的，不然小傑那來的十億遺產。」

「小傑已經死了。」

「什麼？怎麼死的？」

「被判死刑，已經槍決了。」

「都是你，如果不是你幫助警察破案，小傑也不會死。」說完便瘋狂攻擊陳金海等人，但畢竟陳金海有豐富的經驗，沒多久小傑的祖父就被收服了，但小傑的父親卻不見了。

「糟了，他不見了。」陳金海的師弟說。

「看來只好用絕招了，追魂劍，去。」陳金海從口袋中拿出一隻小小的銅劍，經過一番比畫之後，銅劍變得跟一般的寶劍一樣大，並發出冷冽的藍光，衝向東方。

「快上車追。」眾人即刻上車並一路追著追魂劍，最後來到夜店附近，劍停在下水道的出口上方。

「在下面，分頭包抄，這裡共三個下水道出入口。」阿義說完，眾人立即行動，也順利的找到小傑的父親。

「別做困獸之鬥了，放棄吧！」陳金海說。

「休想。」小傑的父親開始攻擊眾人。

「唉！看來我只好讓你灰飛煙滅了，追魂劍，去。」一道冷冽的藍光以迅雷不及掩耳的速度衝向小傑的父親，把他的魂魄從正中間砍成兩半。

「追魂十三斬。」陳金海以手勢控制追魂劍的方向再度攻擊，瞬間追魂劍變成十三把，再度衝向尚未消失的魂魄，這次魂魄被砍到肢離破碎，直接消失了。

夜店裡，音樂依舊震耳欲聾，夜店外，依舊會有醉倒的女孩，運氣好的，躺到天亮，什麼事都沒發生，有些是皮包被偷走，偶爾有人會失蹤，就像今天，四個外籍勞工合力抬走一個

醉倒的女孩，下水道裡，他們將女孩的衣物全部脫光準備性侵她，小傑的魂魄突然出現，其中一人嚇得兩腿發軟跪在地上，另外三人拔腿就跑，小傑附身在那跪地的人，抱起那女孩，上了一部車，是夜店總經理的車，並開到養豬場裡，那外籍勞工眼神空洞，露出詭異的微笑，抱著女孩走進往地下室的電梯裡。

-完-

二、通往陰間的陽台

1. 度蜜月

　　一對新婚夫妻正在度蜜月，喜歡玩到那裡，住到那裡，不受時間的束縛，今天也是一樣，他們手牽手在白色的沙灘上，有說有笑，妻子突然放開手往海中跑去，水深及腰的時候她停了下來，忽然間她消失在水面上，她的丈夫緊張地跑到她消失的位置，往海的方向東張西望的，豈料妻子已經游回沙灘上，全身濕淋淋地坐在沙灘上，看著丈夫大喊自己的名字：「曉玲！曉玲！」她悄悄地走到丈夫身後說：「在後面。」男人的眼眶中泛著淚光，他緊緊抱著妻子。

　　「嚇死我了，我以為妳不見了。」

　　「瞧你緊張的，我只想知道，你有多在乎我？」

　　「都已經結婚了，妳還考驗我。」

　　「誰教你以前那麼花心。」

「以後不準這樣了。」兩人四目相對，正要親吻的時候，一個大浪打來，兩個人都跌倒了，全身濕透的他們，有點狼狽，慢慢走回沙灘上。

「今天的夕陽好美。」曉玲說。

「妳不冷嗎？」丈夫雙手在胸前並發抖著。

「你很掃興耶！」曉玲轉頭看著他的丈夫。

「我好冷。」丈夫已經抖到牙齒在打架了。

「怎麼這麼不中用？快回車上換衣服。」

「等等想吃什麼？」曉玲坐在副駕駛座問。

「我們找間大飯店，叫東西在房間裡面吃。」

「好啊！」於是兩人沿著濱海公路開了一會。

「停車，這間好像不錯。」曉玲看著路旁的建築物說，飯店的名稱叫夕海大飯店，高約二十層，寬約一百米，每個房間都有陽台。

「確定要住這間？」丈夫問。

「確定。」

「歡迎光臨。」櫃台是一個年輕貌美的女生。

「我們要一間房。」曉玲說。

「請問要面山還是面海的？」

「面海的，有沒有高樓層的？」

「有，需不需要游泳池？」

「要加多少錢？」

「頂樓的房間都是三萬五千。」

「這麼多？」丈夫嘀咕地自言自語。

「好，就要有游泳池的。」曉玲說。

「有餐點嗎？」丈夫問。

「這是你們的房卡跟餐點的目錄。」櫃台遞給了丈夫。

「麻煩刷卡。」丈夫拿出信用卡遞給了櫃台。

「我要游泳。」房間內，曉玲說。

「妳不點餐？」

「晚一點再說。」

「那我先洗澡。」

曉玲看到窗外的游泳池，便脫光了衣服，走到泳池旁，在那裡裸泳，他的丈夫在浴室裡洗澡。丈夫把衣服穿好，頭髮吹乾之後，只看到床上有曉玲的衣物，十五坪大的房間裡沒有別人，他走到窗外的泳池旁，泳池裡面沒有人，於是回到房間內把衣櫥都打開，但仍然沒有曉玲的蹤影。

「曉玲！曉玲！」他就像在海邊的時候一樣大叫，他越想越不對，於是撥了電話到櫃台。

「櫃台你好。」

「我是 2013 的房客，請問有看到我的老婆嗎？」

「沒有耶！半個小時內都沒有人進出了。」

「我的老婆不見了，可以找人幫我找嗎？」

「你等一下。」

「先生你好，請問有什麼需要幫忙的？」一個年約五十的男人，身穿筆挺的西裝，身材微胖，站在房間外。

「我的老婆不見了，可以幫我找嗎？」

「這麼嚴重？」那男人似乎很驚訝，於是進了房間，把所有的抽屜、衣櫃都翻遍了，床底也沒放過，接著走到窗外的泳池旁，他仔細看了泳池，也沒發現，而此刻身旁的房客非常著急，趴在欄杆上往下左顧右盼，忽然間，穿西裝的男人出現在房客身後，蹲下去抓住房客的雙腳，然後站起來並把房客丟下樓，房客在尖叫聲中墜樓，當然，他死了，曉玲的屍體就在他的身旁不到一公尺。

2. 房客失蹤

一部旅行社的車子，停在夕海大飯店附近，車上只有兩個人，他們下車抽煙聊天。

「杜經理，你看這間飯店怎樣？可以合作嗎？」

「看起來還不錯。」

「等等去問看看價格跟看看房間如何？」

「好啊！黃董那邊越來越貴，都快沒利潤了。」

「歡迎光臨。」

「妳好，我是山海旅行社的業務經理，杜秋明，方便跟你們談合作計劃嗎？」

「兩位請那邊坐一下，老闆一會就會跟你們談。」

「兩位好，楊森。」推房客下樓的人依舊西裝筆挺，他遞了一張名片。

「山海旅行社，杜秋明，我想跟您談合作計劃。」

「請說。」於是兩人談了幾分鐘，很快有了定案。

「那就這麼說定了。」杜秋明說。

「一切有勞你了。」楊森說。

「怎麼樣？房間還可以吧？」三人在其中一間房間，等杜秋明看完之後，楊森問。

「非常棒，我很喜歡。」杜秋明說。

「還有什麼問題嗎？」

「所有房間都是這個規格嗎？」

「這是最差的，如果你們願意加錢，頂樓的房間是有游泳池的，價格加一倍。」

「好，過幾天我就安排一團過來。」

「謝謝！」

三天後，一部遊覽車載了十八個觀光客入住飯店，杜秋明跟女領隊交待了事情之後，就開車離去。十二個人分別住進了六間位於一樓的面山房。另外六人住進頂樓的三間房，包括一對男同性戀，兩人進房後把行李丟下，脫光衣物後就手牽手跳進游泳池，但他們不見了，因為他們開始向下墜落，兩人開始尖叫，過了約半分鐘，他們停在一處都是巨大岩石組成的地下空間，旁邊是一條火紅的岩漿河。

「好熱，這是那裡？」其中一人說。

「這裡是地獄。」一個手拿三叉戟，面目全非的黑面鬼說。

「地獄？我才不信。」另一個人說。

「你們有兩個選擇，一是跳下岩漿河燒死，一是當我的奴隸三百年，三百年後放你們回人間投胎。」

「開什麼玩笑？快放我們離開。」三叉戟忽然刺穿他的身體，隨後就被丟進岩漿河裡。

「等等，我願意當你的奴隸。」

「很好，跪下。」面目全非的黑面鬼將三叉戟的尖端沾了一點點的岩漿，在他的背上刺了「鬼奴三九」四字。

「我是掌管岩漿河的黑面魔王，從今天起，你就是鬼奴三十九號，他們是三七跟三八。」原來曉玲跟她丈夫也成了鬼奴。這時又掉了兩個人進來，黑面魔王才正要開口，另兩個人也掉了進來。

「是你？」四人其中一人看著鬼奴三十九號說。

「這裡是地獄，你們可以選擇當黑面魔王的鬼奴，三百年後可以回人間投胎，不然就必須跳下岩漿河燒死，不要懷疑我說的話。」黑面魔王示意鬼奴三十九號說，其中一人聽完立即跳下岩漿河，另一人也跟著跳下。

「你們兩個呢？」黑面魔王問。

「我們願意當你的奴隸。」

「很好，跪下。」他們背上分別刺了鬼奴四十與四一。

3. 古屋乍現

　　第二天早上，遊覽車開到飯店門口，不過只有十二個人上車，女領隊連忙跑進飯店問櫃台小姐。

　　「請問住頂樓那六個房客呢？」

　　「他們半夜就已經離開了。」楊森說。

　　「有說他們去那裡嗎？」

　　「是非河。」

　　「沒聽過，你知道在那裡嗎？」

　　「我不知道。」

　　「怎麼辦呢？」領隊在遊覽車旁自言自語。

　　「要先聯絡公司嗎？」司機問。

　　「好吧！」

　　「杜經理，我是領隊江美琴，六個人不見了。」

「怎麼會這樣？問過飯店了嗎？」

「他們說是去了是非河，但不知道這條河在那裡！」

「這樣啊？你們先出發吧！這件事交給我。」

「好，麻煩經理了。」

「是非河？」杜秋明抓破頭也想不出來，因為地圖上根本沒有這條河的存在。

於是杜秋明來到飯店的外面，點燃煙後深深吸了一大口並吐出來，然後他走到面向飯店左側的樹叢，好奇心的驅使讓他穿過樹叢，他看到了一處三合院，房子已經很舊了，走到院子中間時，他突然像從高處向下掉一般，接著就掉到岩漿河旁，當然，他成了鬼奴四十二號。

「真是抱歉，讓你來這裡。」楊森赤裸著上半身，背上刺著鬼奴九。

「為什麼？」杜秋明問。

「因為我是黑面魔王的奴隸，我必須照魔王的意思辦事，否則就沒辦法投胎了。」

「你怎麼可以這麼自私？」

「自私？哈哈哈～」楊森的笑很詭異，很大聲，聲音迴盪在岩漿河上久久不散。

「難道不是嗎？」

「你根本不知道黑面魔王的厲害！」

「那也不能害這麼多人啊！」

「我也不想，當初如果直接跳進岩漿河就沒這些事了。」

「現在跳還來得及。」

「沒辦法了，一旦成為鬼奴，就沒辦法跳下去了。」

「那怎麼辦？」

「乖乖當鬼奴，不然有你受的。」

「怎麼說？」

「不聽話的，會被吊在岩漿河之上四十九天，然後變成一隻煉刀劍或兵器的鐵鎚，或是墊底的鐵板，每鎚一下，那聲音就在你耳朵裡迴盪，每天鎚幾千下，你受不了的。」

「然後呢？」

「永遠當鐵鎚或是鐵板啊！」

「這麼可怕！？」

於是在接下來的日子，偶爾就會有新的鬼奴出現，楊森是他們中最資深的，負責調度鬼奴的工作。兵工廠內，牆上整齊的排列著數百把刀與劍，還有長槍、斧頭，十幾個鬼奴手拿鐵鎚，用力敲打著火紅的刀或劍，有些正在把岩漿倒進模具中，鏗鏘的聲音就這樣一直持續著，日以繼夜並永無休止，直到黑面魔王滿意為止。

「楊森，你來多久了？」黑面魔王坐在大椅子上問。

「三年。」

「進度太慢了，給你三個月，再抓三百個來，我就讓你去投胎。」

「這...」楊森面有難色。

「你辦不到？」

「不是，是時間不太夠。」

「要多久？」

「五個月。」

「好！別讓我失望，你不想再待兩百九十七年吧！」

「魔王放心，我有辦法。」

「下去吧！」

「等等，這個辦法需要魔王親自出馬。」

「說來聽聽。」

「我會把人帶到飯店，剩下的要麻煩魔王施法了。」

「我懂了，哈哈哈～」笑聲迴盪了許久。

4. 鬼計

「你好，我是夕海大飯店的董事長：楊森。」楊森遞了一張名片，一個中年女人收下之後也遞了名片出來。

「安國傳銷，中區處長：許惠梅。」兩人握手後坐在飯店大廳。

「貴公司每年都會犒賞績優人員，對嗎？」

「沒錯。」

「我可以給你回扣，妳只要給我一成的現金。」

「這麼好？」

「實不相瞞，我急需要現金。」

「好，你有多少房間？」

「一層樓四十個房間，扣除部份的倉庫跟廚房、餐廳之外，總共七百個房間。」

「夠了，我只需要三百四十個房間，有會議室嗎？。」

「三樓的空間足夠容納五百個人，還有視聽設備跟投影機，要不要去看看。」

「不用了，反正只是說幾句場面話，發紅包而已。」

「什麼時候要來？」

「一個月後。」

「好，一切麻煩妳了，許處長。」

將近一個月的時間，因為一直在下雨，幾乎沒有人到夕海大飯店，也就沒有增加新的受害者。楊森指揮的鬼奴們非常認命的敲敲打打，兵器的存量已經達到黑面魔王的要求，他們開始新的工作：製造弓箭，一部份的鬼奴則是製造戰甲與盾牌。

「事情辦得如何了？」黑面魔王坐在大椅子上問。

「三天後，將近五百人。」楊森說。

「好，非常好，兵器呢？」

「刀、劍、長槍已經完成，目前正在製造弓箭、戰甲、盾牌。」

「戰車跟砲呢？」

「等下一批鬼奴來了以後，相信可以很快完成。」

「好，你確定想要投胎？不留在我身邊當總管？」

「魔王的意思是？」

「你說呢？要訓練一個像你這樣的人才，要花很久的時間，況且，我打算把這座島攻下來，到時沒有人能活著，你要怎麼投胎？」

「攻島之事，萬萬不可，島上有許多道行高深的道士，他們專門在驅魔收妖，光憑幾百個鬼奴，恐怕難以成功。」

「此事當真？」

「當然是真的，魔王法力高強，一定不怕他們，但鬼奴們的能力恐怕沒辦法勝任，還請魔王三思。」

「依你之見，我應該怎麼做？」

「倘若能夠說服白面魔后一起合作，尚有機會。」

「你什麼時候見到她的？」黑面魔王大怒。

「上月中，她在飯店的面山向也開了一個陰陽洞。」

「這麼大的事，怎麼沒說？」

「白面魔后親自坐鎮飯店櫃台，屬下不敢跟她起衝突。」

「她現在有多少兵力？」

「大約三百。」

「兵器呢？」

「早已備齊。」

「你去過她的冰宮了？」

「是的，美女如雲，男的一律不收。」

「那她為什麼找你過去？」

「魔后希望跟魔王重修舊好。」

「為什麼沒說？」

「魔后有交待，魔王有意願時才能說。」

「你膽子越來越大了，竟敢瞞我這麼多事。」

「屬下不敢，一切都是為了魔王的大局著想。」

5. 護身符

一對年輕的情侶住進了飯店頂樓，兩人興沖沖的換上泳裝，男生走在前面，女生在他後面兩步，往陽台走過去。

「可以看到海耶。」男生說完便開始往下墜落，尖叫聲中，女生倚靠著欄杆，看著男友摔到古屋裡。但女生沒有掉下去，她的脖子上戴著一個金色的護身符，上面有一隻狗，印著「十

八王公·平安保身」的字樣，護身符在她靠近欄杆時忽然發出光芒，保住了她的性命。她仔細的看了欄杆，並沒有斷裂，但地板像是液態的，微微地動著，於是趕緊退到房間內。

「陳金海師傅嗎？」她拿起電話撥出。

「我是，妳是妙姿對嗎？」

「是的，我遇到麻煩了。」

「等我一下。」陳金海閉上眼睛，將自己靈魂出竅，來到飯店頂樓。

「無論誰敲門都別開，等我跟師兄弟到了才能開門。」

「你們要多久才能到？」

「妳的運氣不錯，我們正在車城，離妳不遠。」

「快上車，是緊急事件。」陳金海跟七個師兄弟開著兩部黑色休旅車，朝著十公里外的夕海大飯店狂飆。

「什麼事這麼緊張？」陳金海旁邊的人問。

「清泉，你的表妹妙姿有生命危險，就在前面。」

「等等要記得，飯店裡面的應該都是妖魔鬼怪，要全力應付，否則可能難以全身而退。」飯店外，陳金海特別交待七個師兄弟。

「拿傢伙。」每個人手上都拿著自己熟悉的法器。

「歡迎光臨。」魔后正在跟魔王商量大事，派了一個鬼奴充當櫃台，她立即被陳金海的葫蘆吸進去。

「小心腳下，這裡可能是陰陽交界，別掉進陰間了。」陳金海交待七個師兄弟。

「清泉跟我上頂樓，其他人在此擺六合陣備戰。」

「不搭電梯？」清泉問。

「唉！道行不夠，鬼遮眼了。」陳金海口中唸唸有詞之後將右手食指畫過清泉的雙眼，並點在眉心處。

「天眼開。」陳金海說完之後，清泉看到的是未完工的水泥牆與地板，電梯的位置只有兩個長方型的大洞。

「怎麼會這樣？」

「快爬樓梯吧！在二十樓。」

「這麼高？」兩人好不容易爬到頂樓，氣喘如牛的清泉已經沒有力氣再走。

「在這裡等我。」陳金海說。

「天眼開。」陳金海也把妙姿的天眼打開了。

「怎麼會這樣？」妙姿往窗外望去，沒有游泳池，也沒有欄杆，房間內什麼都沒有，只有水泥牆。

「行李帶著快走吧！」

「表哥！你怎麼來了？」

「來救妳啊！」

「快走吧！這裡妖氣沖天。」陳金海說。三人急忙下樓，沒有再說一句話，終於到了一樓。

「可以走了。」陳金海對師兄弟們說。

「妳沒事真走運。」車上，陳金海對妙姿說。

「我也不知道為什麼？」

「是妳的護身符。」

「原來如此。」

「你的男朋友已經死了，請妳節哀，不過暫時還不能通知他的家人，我們必須先把這裡的問題處理掉。」

「有多嚴重？」

「我還沒看，但我有一種不祥的感覺。」

6. 陰陽交界

　　離開飯店之後，陳金海立即要師兄弟聯絡各地的驅魔高手，因為他看到了飯店的陽台，是通往陰間的通道。

　　「今天緊急召集各位，情非得已，實在是因為可能要發生大事了。」陳金海站在國小的升旗台上，對著下面的百餘位道士說。

　　「附近有一棟未完工的飯店，目前有兩條通往陰間的通道，分別通往岩漿河跟冰雪殿，是黑面魔王跟白面魔后分別打通的，已經有將近百人受害，黑面魔王的法力來自極熱的岩漿，被擊中的人會全身著火，瞬間灰飛煙滅，白面魔后的法力來自極冷的冰雪殿，被擊中的人會被冰封，由於是急凍，所以沒有辦法恢復，只能留個全屍，我相信他們兩個已經聯手，準備擴大他們的勢力範圍。黑面魔王的鬼奴雖然沒有法力，但他們手上的兵器是由岩漿製成，而且經過千錘百鍊，必定無堅不催，白面魔后的鬼奴都是年輕貌美的女鬼扮成，她們除了勾魂術厲害之外，指甲會變成冰箭，被射中的人，體溫會快速下降，幾秒鐘

的時間就會倒地，這就是我們即將面對的敵人，有任何問題請現在就提出來。」

「他們這麼厲害，你這不是要我們送死？」一人說。

「如果覺得不能勝任的人請離開，我們不需要懦夫。」

「要怎麼殺死他們兩個？」另一人說。

「殺不死，只能消滅他們的大軍，還有讓他們的法力互相衝擊，讓他們法力降低後，回到陰間。」

「我還是不懂？」

「六合陣可以擋住他們的攻擊，但要六個六合陣才能將他們的法力反彈，也就是六合神盾，除了這三十六人之外，你們的任務是消滅鬼奴。」陳金海一一說明驅魔的要點，但飯店內卻有一場災難即將發生。

安國傳銷的五百人已經抵達夕海大飯店，中區處長許惠梅正在會議廳的台上致詞，台下的掌聲如雷，楊森見狀，立即回報黑面魔王。

「他們來了，五百人。」

「知道了，去通知魔后吧！」

「告訴魔王，這些人我不要，都給他，當做是我跟他合作的誠意，還有，我收到消息，驅魔大師陳金海已經率領一百多個道士，準備跟我們大戰一場。」

「這麼嚴重？」楊森說。

「陳金海法力高強，必須我跟魔王聯手才有機會打敗，告訴魔王，不要輕舉妄動，以免功虧一簣。」

「我知道了。」

正當安國傳銷的活動接近最高潮的時候，中區處長許惠梅拿著手上的最後一個紅包，她告訴台下的人說：「今年，我們的業績冠軍是林怡真，她可以得到一部賓士三百，還有兩百萬獎金。」林怡真從她手上接過紅包時，地板起了變化，整個會議廳的人開始往下墜落，尖叫聲此起彼落，不到一分鐘，五百人全都掉到岩漿河旁，黑面魔王跟楊森出現了。

「這裡是地獄，你們可以選擇當黑面魔王的鬼奴，三百年後可以回人間投胎，不然就必須跳下岩漿河燒死，不要懷疑我說的話。」楊森大聲說。

「快放我們走。」許惠梅說完就被黑面魔王用三叉戟刺穿身體，並被丟下岩漿河。

「還有誰要走的？」楊森大聲說，現場鴉雀無聲。

「排成一條直線，等待魔王在你們的背上刺字。」於是五百人大排長龍。

7. 魔王魔后

夕海大飯店的頂樓，魔王魔后離了好幾丈在討論。

「好久不見了，魔后，妳還是那麼美。」

「哈～你還是一樣，油嘴滑舌。」魔后笑得很開心。

「可惜妳我無法在一起。」

「當然可以啊！我們的極冷跟極熱可以相互中和。」

「開什麼玩笑？那妳我就沒有法力了。」

「知道就好，為什麼還找我合作？」

「我的鬼奴都沒有法力，作戰能力比較差。」

「我的那些女孩，已經憋很久了，說不定會愛上凡人，不替我打仗的。」

「怎麼會這樣？」

「我跟你不一樣，你是威權統治，我是把她們當姊妹。」

「看樣子，這場仗並不好打。」

「這倒不是問題，陳金海帶領的道士就在附近，已經完成佈署計劃，相信等一下就會兵臨城下。」

「妳有什麼高見？」

「一是封閉陰陽路，等待最佳時機再攻打，一是趕快回去練兵，我猜，他們就快出發了。」

「要我再等是不可能的。」

「那就趕快回去練兵吧！你剛收的五百個鬼奴，可是什麼都不會啊！」魔后帶著冷嘲熱諷的口氣說。

「他們有楊森在教，很快就能作戰的。」

「來不及了，你瞧！」魔后比著飯店下方的車隊。

「這麼快！」

「什麼時候要進攻？」

「今晚子時。」

「好，子時見。」說完後他們便消失了。

「各位姊妹們，等等妳們就可以重回人間，不過，有一批道士會擋路，妳們可以用勾魂術迷惑他們，也可以用妳們的冰指甲殺死他們，怎麼做都可以，如果成功了，妳們就自由了。」冰雪殿上，白面魔后召集了所有的鬼奴。

「為什麼要跟他們硬碰硬？」其中一個鬼奴問。

「妳們有所不知‧陰陽交界的門‧每五十年才能打開一次‧每次只開一年‧錯過了‧要再等四十九年‧妳們如果想留下來陪我‧我是不反對。」

「雖然魔后待我們很好‧但我想要回去看看我的家人。」

「我也是。」另一個鬼奴說。

「不參戰的可以留下‧準備出發。」

「等等‧我們要跟一群道士打仗‧打贏的話‧只要三年就可以回人間。」黑面魔王說。

「打輸了怎麼辦？」男同性戀問‧黑面魔王用三叉戟刺穿他的身體‧把他丟進岩漿河裡。

「輸了就跟他一樣‧還有問題嗎？」黑面魔王說。

「沒有！」眾鬼奴齊聲回答。

「很好‧開始著裝‧楊森‧給你指揮‧我要親自會會這個陳金海‧看他到底有多大本事？」

於是五百多個鬼奴都穿上戰袍，有的拿刀、拿劍、拿長槍、拿弓箭，戰車只完成了兩部，上面各配置了四門砲跟八個鬼奴，由兩匹火紅的岩漿馬拉著。

「刀陣與劍陣在最前方用盾牌擋住，長槍陣在盾牌後方，弓箭陣聽我的口令發射，戰車朝最多人的地方攻擊，準備出發。」楊森穿上戰袍，手持一把巨劍跟盾牌，在出發前對五百多個鬼奴做戰前佈署說明。

8. 爛尾樓

一百多個道士下車之後，由陳金海率領的六個六合陣率先擺好陣勢，陳金海拿出一瓶酒精，口中唸唸有詞有詞之後便將酒精丟向夕海大飯店，酒精變成數百瓶砸中飯店外牆。

「燒。」陳金海一個手勢，飯店的外層燒了起來，但就像是一張紙燒起來，不到五分鐘，火勢停止了，飯店現出原本應該有的樣子，那是一棟未完成的大樓，沒有別的顏色，只有水

泥的灰色，窗戶的位置都沒有裝上玻璃，連停車場的柏油路面都變成了紅土。

「怎麼會這樣？」一個道行不高的道士問。

「這棟大樓在蓋的時候發生一些糾紛，左邊古厝的主人堅持不賣給飯店，造成飯店的金主抽腿，負責建造的建築商人楊森資金週轉出問題，從頂樓跳下自殺，恰巧壓死了住在古屋中的屋主，兩人的靈魂又恰好突破了陰陽分界，掉到了岩漿河旁，所以給了黑面魔王機會，把這裡偽裝成五星級飯店，由楊森負責把人丟進岩漿河，如果是農曆月底月初，月光最弱的時候，陰陽分界會擴大，所以有些人即使在一樓也會掉進陰間。」

「這麼可怕！」

「五百年前，那裡是一座海底火山，這裡是一個小漁村，火山爆發後，就形成了現在的地形，所以這附近的海域很多的黑色礁石，黑面魔王就是死在那一天，他心有不甘，變成厲鬼，後來因為陰陽界打開而掉進岩漿河邊，日積月累的吸收岩漿的

能量，最終成為法力高強的黑面魔王。」陳金海指著五百公尺外的海面上，說著黑面魔王的由來。

「那白面魔后呢？」

「她也是個可憐人，那是三千多年前的事了，在她二十歲那年，一顆帶著滿滿寒冰的掃把星，由北向南以飛快的速度擊中上海的外海，正在漁船上的她瞬間被冰封，並隨著冰塊飛到這裡的海面上，吸收了慧星三分之一能量的她，雖然當場喪命，但靈魂承受了特殊能量，讓她擁有化水成冰的能力，她在火山附近建了冰雪殿，但因為火山的熱度讓她的冰雪殿無法微持，她只好在更深的海裡重建冰雪殿，由於海的深處陽光照射不到，冰雪殿的範圍竟然越來越廣，最寬的時候有直徑五公里，但火山的能量會跟冰雪殿相互干擾，這也是為什麼我們要讓黑面魔王跟白面魔后的能量相互衝擊，只有這個方法才能讓他們的法力減弱。」

「真的沒辦法殺死他們嗎？」

「憑我們這些人？不被消滅就不錯了。」

「這麼悲觀？」

「等你們見識到黑面魔王的極熱天火，你就會知道我說的是不是真？總之，要躲在六合神盾後面，不然會被燒成灰燼，連找都找不到。」

「看來我真的道行很淺，不太適合這次的驅魔行動。」

「別擔心，我幫你算過了，你會長命百歲。」

「大師，你可別騙我。」

「忠義，你是福星，盡量把那些鬼魂打到魂飛魄散吧！我想，我們可能沒有太多餘力可以應付他們的攻擊。」

「情勢這麼糟？」

「沒錯！他們已經來了。」

9. 人魔大戰

　　打頭陣的是戰車，兩顆火紅的岩漿彈從天而降，一顆打中六合陣，能量被吸收掉了，另一顆雖然打偏了，但因為熱度很高，一個道士的衣服被碎屑擊中並燒起來，他在尖叫聲中死去。接著幾輪的砲轟雖然都很準，可是六合神盾將這些岩漿的能量都吸收掉了，黑面魔王見狀，使出極熱天火攻向六合神盾，神盾正後方的道士雖然安然無恙，但有三個位於邊緣的道士被燒到，他們還來不及慘叫就灰飛煙滅。

　　「放箭。」楊森大聲一喊，一百多隻箭從天而降，陳金海拿出一片木板，往空中一拋，木片變大，所有的箭都插在木板上，掉下來時卻只剩巴掌大。

　　「再放。」一百多隻箭再度射出，陳金海拿了一把扇子，扇子變成百倍大，他用力一搧，箭全都偏了或是提早落地。

　　「衝！」楊森一聲令下，五百多鬼奴衝向眾人。混亂之中，三百隻冰箭從眾人後方射來，陳金海用扇子改變了部份冰箭的

方向，但有一小部份擊中了五個道士，他們很快的倒地，白面魔后施展了她的絕招：冰風，只見她輕揮衣袖，一股寒風快速襲向眾人，但被六合神盾化解，反彈出去的能量還擊中十幾個拿刀的鬼奴，他們立即變成冰塊無法動彈。

雙方戰了一會，各有一些死傷，陳金海算出黑面魔王跟白面魔后使用絕招的頻率之後，心中有了想法。

「六合神盾準備反擊，將白面鬼后之冰風轉往黑面魔王，三、二、一，轉。」只見冰風迅速轉移，黑面魔王手中的三叉戟已被冰封，他的右手也被冰風傷到，陳金海趁機使出飛旋銅劍斬斷他的右手掌，黑面魔王的右手開始流出火紅的岩漿，白面魔后再度使用冰風，六合神盾將冰風正面反彈，白面魔后被自己的冰風所凍，暫時無法動彈，陳金海見機不可失，將飛旋銅劍沾滿流出的岩漿，刺穿白面魔后的心，魔后的法力大失，自知無力再戰，於是用最後的力量從陰陽交界逃跑，回到冰雪殿，奄奄一息躺在一塊大冰塊上。魔后的鬼奴見狀也紛紛逃回冰雪殿。

　　此時的戰場上，只剩下約七十個道士、三百個鬼奴，黑面魔王的右手逐漸恢復，陳金海使出絕學。

　　「物換星移，去。」那些被冰封的道士跟鬼奴都飛向黑面魔王，並將他團團圍住，黑面魔王法力大受影響，右手只長了一點點就停止，他知道再戰下去可能會輸的很慘，於是準備從陰陽交界逃跑，卻見陳金海拿出扇子用力一揮，黑面魔王被搧到通往冰雪殿的通道裡並掉了進去。

　　「清泉，快拿出冰塊。」陳金海將一小包冰塊拋向空中，他施法後，十幾個約三尺大的冰塊從通往冰雪殿的通道往下墜落，黑面魔王被冰塊推擠掉進冰雪殿，他的熱度漸漸將冰雪殿溶化，但他的能量也漸漸消失，最終變成一般的鬼魂，白面魔后恢復了一成的能量，但她暫時無法做怪了。

　　「我徹底失敗了。」黑面魔王跪在地上說。

　　「我也元氣大傷，需要五百年才能恢復。」白面魔后說。

　　「沒想到陳金海這麼厲害！」

「他是智勇雙全，懂得利用我們的優點來攻擊我們。」

剩餘的鬼奴不敵眾道士的法力，不是被收進葫蘆，就是灰飛煙滅，還有少數從陰陽界的通道逃回岩漿河，楊森就是其中一個。

「總算結束了。」清泉說。

「不過白面魔后還有法力，我可以感受得到，她在千年之後還會出來做怪。」陳金海說。

「拜託，明天都不知道會怎樣了？還一千年後。」

「你還有一件事要做，去蒐集女媧石，越多越好，我給你半天的時間，最少要一百公斤。」

「要去那裡找啊？」陳金海遞一張紙給他。

10. 封閉陰陽路

「要這麼多女媧石做什麼？」清泉打開車子行李箱，裡面擺了很多的女媧石。

「封閉陰陽路。」陳金海說。

「怎麼做？」

「先把這棟大樓拆了。」

「什麼？這怎麼可能？」

「沒辦法，陰陽界就在大樓的正下方。」

「騙你的啦！一邊涼快去，別妨礙我們施法。」陳金海難得幽默，把清泉唬住了。

「縮。」陳金海坐在一個八卦的正中央，兩儀上有兩個護法，四象四個護法，八卦上八個護法，只見陳金海兩指一比，大樓跟古厝及旁邊的東西立即縮小到巴掌大，就像是模型般，並在陳金海頭頂三尺高的位置緩慢的旋轉著。

「女媧石補天，大，去。」清泉車上的女媧石越變越大，並一顆接一顆掉進陰陽界的通道。

「再大，最大。」陳金海閉眼，雙手微張變成張到最大。

「定。」此時女媧石完全隔絕了陰陽界的通道。

「回歸自然。」大樓跟古厝及旁邊的東西瞬間回到原位，彷彿一切都沒發生過。

「都搞定了吧？」清泉問。

「當然還沒有。」陳金海說。

「還有什麼事？」

「報案啊！古厝跟大樓裡面、後面，總共五百多具屍體，還有，要為壯烈犧牲的師兄弟們超渡。」

「我知道了。」

「你可以出來了。」陳金海比著一棵樹後面。

「你怎麼知道我在那裡？」妙姿的男友走出來問。

「我知道你已經死了，我也知道你跟妙姿的關係，事情已經發生了，你可以當孤魂野鬼游盪，也可以去投胎，或是跟她冥婚，一輩子守護著妙姿，你考慮好再告訴我。」

「不用考慮了，我想一輩子守護著她。」

「好，我成全你。」話才說完這靈魂便被收進葫蘆裡。

過了大約兩小時，數十部警車、法醫、檢察官、電視台的 SNG 車都來了。

「陳師傅，這是怎麼一回事？」

「張局長，這棟爛尾樓的糾紛，你應該還有印象吧？」

「我知道，那是我辦的。」

「跳樓死亡的楊森被一個魔王控制，然後弄死了這五百多人，不過，如果你這樣講，恐怕會被當精神病患，不如這樣好了，就說這些人集體自殺吧！有的選擇跳樓，有的選擇吃毒藥，這樣你比較好結案，我也不用做筆錄。」

「好吧！你說了算。」

「清泉，聯絡道教協會會長，請他們把這裡買下來。」

「為什麼？」

「那一百公斤的女媧石只是治標，如果把這裡拆了，重建的地板、地基、柱子都用女媧石，才能保證陰陽分界無法再打開。」

「這麼深奧？那要花很多錢呢！」

「放心，他們會願意掏錢的。」

「這麼有把握？」

「你懷疑我的能力？」

「沒有，只是好奇，他們為什麼肯出錢？」

「這是秘密。」

「不說就算了。」

「今天的夕陽很漂亮，要不要再爬一次樓梯，我們去頂樓欣賞。」

「我才不要。」清泉嚇得拔腿就跑。

-完-

三、鄰居是女鬼

1. 吉屋出租

　　一個男學生在租屋網站上逛了一晚，始終沒有看到合適的套房，正當他嘆了一口氣，自言自語地說：怎麼那麼難找，伸手想要關掉筆電時，看到了一則剛刊登的物件，上面的地點離學校不遠，價格又便宜，雖然屋齡老了些，已經是四十五年的老房子，可是再一年就畢業了，於是拿起手機撥了出去。

　　「你好，請問是不是有套房出租？」

　　「是的，可是我沒時間帶你看房子，你可以過來我這邊，我把鑰匙給你，如果你看了喜歡的話，我們再簽約。」電話那頭是一個女人。

　　「這樣好嗎？」

　　「沒辦法，我真的沒時間陪你看房子。」

　　「好吧！地址給我，我現在過去。」

　　「妳好，我是剛才打電話來的何宇安。」

「不好意思，我要顧店，又要照顧三個小孩跟公公，實在無法分身。」洗衣店裡，一個年約三十的女人比著身後調皮好動的三胞胎，還有躺在輪椅上的老人。

「沒關係，我自己去看，網站上的地址正確嗎？」

「是的，二樓五號，這是鑰匙。」

何宇安騎上機車，照著衛星導航來到學校後方的山路，大約一分半鐘就看到了一棟三樓高的老房子，每層樓各有八戶，樓梯在正中間，年輕力壯的他，很快上了二樓，房子就在樓梯旁，視野很好，也可以看到學校的教室，他拿起鑰匙打開門，房子很寬敞，大約十五坪，前後都有窗戶，傢俱也很齊全，他把後門打開，後陽台也很大，於是他決定搬到這裡。用機車載著自己的行李跟書籍等，來回了三趟，他望著即將離開的房間，心想，我終於可以擺脫這個又小又破房租又貴的房間了，他一抹微笑，將最後的兩包行李拎在手上，離開了這個房間。

花了幾個小時，把所有傢俱都擦了一遍，也把地板拖乾淨了，全部該就定位的都放好了，他很滿意現在的房子，擦去額

頭上的汗，發現自己的衣服全濕了，於是他把衣物全脫光了，走進浴室洗澡。衣物洗乾脆之後，他打開前門，把衣物晾在前陽台的曬衣架上，這時一個穿全白衣服的女孩，年約十八歲，從他後面走過，女孩走到盡頭，也就是她住在二樓八號，何宇安餘光瞄到她的背影，正想打招呼，女孩已經打開門進到屋內。

忙了一天的何宇安已經累了，躺在五尺寬的彈簧床上，很快的就入睡了。或許是剛剛那一幕印象太深刻了，他竟然夢到那女孩跟自己打招呼、聊天，女孩甚至還跟他吻別，但這只是夢，他醒來的時候，抱著前女友送的史奴比玩偶，黑色的鼻頭碰到的臉頰，就是女孩剛剛吻他的位置。「原來是夢啊！」何宇安自言自語的起身，伸了懶腰後看著史奴比，想起了前女友不告而別，至今沒有一通電話，家裡的電話也不曾打通，心想，不如趁今天沒事，到她家看看吧！

「他們搬走一年多了喔！」一個中年女人說。

「知道搬到那裡嗎？」何宇安問。

「這是地址。」她拿出一本筆記本翻開。

「這裡？妳確定？」何宇安一看，這不是自己現在住的地方嗎？只是不同樓層跟號碼，怎麼這麼巧？

「應該沒錯，這是她爸爸留給我的。」

「謝謝！」何宇安急忙回到住的地方，不過一樓二號並沒有人住，門把上跟窗戶上都有一層厚厚的灰塵。

2. 豔遇？

「有什麼事嗎？」一樓一號門打開了，一個年約三十的女人，身穿粉紅色連身短裙，沒有化妝，但非常美，除了身材凹凸有致、白皙的皮膚、水汪汪的大眼、性感的雙唇，任何男人看了都想再多看幾眼，她用甜美的聲音問。

「請問宋怡華是不是住在這裡？」何宇安問。

「我不清楚，以前是住一對父女，女生現在應該二十歲左右，不過，我已經有半年沒看到他們了。」

「謝謝！」

「你這麼著急找他們，有什麼事嗎？」

「怡華是我的女朋友，我們的感情很好，可是有一天，她突然不見了，電話也打不通，家人也聯絡不上。」

「這樣啊？如果有遇到她，我再告訴她，要不要到屋裡坐著聊？」

「方便嗎？」

「有什麼不方便的，我來泡茶，我們家的高山茶很好喝的，只是搬過來後，就沒人陪我喝了。」

「還沒請教，怎麼稱呼？」屋內的擺設跟何宇安的差不多，但多了一個衣櫥跟一個梳妝台。

「何宇安。」

「李珊珊。」女人伸出手示意要握手，但何宇安沒注意到，還望著梳妝台。於是李珊珊燒了開水泡茶，兩人聊了很久，彷彿已經認識很久，只不過，何宇安的心還是在宋怡華身上，此時天已經黑了。

「很晚了，我想回去了。」

「你住那裡？」

「樓上，二樓五號。」

「住樓上？那你急什麼？」

「已經打擾這麼久了，不好意思再麻煩妳。」

「不麻煩，我炒個飯，一起吃，好嗎？」

「那就這麼決定了。」何宇安欲言又止，李珊珊說。

「你先吃，我滿身大汗，先洗個澡。」李珊珊端出兩盤炒飯，一鍋青菜蛋花湯放在茶几上說。

「好，我先吃了。」

當李珊珊洗完澡之後，她只圍了一條浴巾就走出浴室，何宇安望著背對自己，正在吹頭髮的李珊珊，忽然間，浴巾掉下來了，一絲不掛的李珊珊似乎不急著穿上衣服或是把浴巾圍上，何宇安張口結舌地看著這一幕，李珊珊若無其事地轉過頭來，

緩緩走到何宇安背後，親吻了他的臉頰，在他的耳邊輕輕吹了一口氣，何宇安呆住了，李珊珊雙手在他的胸膛游移著，兩人距離越來越近，何宇安從未面對這種情形，任李珊珊脫去自己的上衣、褲子上的皮帶，他抬頭看著美麗的李珊珊，終於還是忍不住身體的衝動，親吻她並把她抱上床。

　　當何宇安醒來的時候，已經是第二天中午，他獨自坐在沙發上，揉了幾下眼睛卻發現自己不在李珊珊房間，此時他發現自己雙手沾滿灰塵，他站起來時發現沙發上全是灰塵，自己也沾了全身，而牆上掛了一張照片，那是宋怡華跟父親的合照。「奇怪？我怎麼會在這裡？」他自言自語的說著，看著宋怡華的照片後，他開始在屋內翻箱倒櫃，不過只有一些衣物，還有他送給宋怡華的音樂盒，他轉了發條，讓音樂盒發出美妙動人的音樂，此時牆角出現一個女孩的身影，不過因為他是背對著女孩，所以沒發現，仍然沉浸在音樂以及兩人從前的時光，回想起吵架那天口出惡言，非常後悔。他背後的女孩就是宋怡華，她知道，何宇安難逃死劫，所以就隨他去了。

3. 房客失蹤

平常沉默寡言的何宇安，在遇到了李珊珊之後，把心裡的話全都說出口，可是，他再也沒有機會開口了，李珊珊並不是人，而是女鬼，在連續兩天的瘋狂做愛後，李珊珊吸光了他的元氣，只剩下皮包骨的屍體坐在宋怡華的照片前面。

因為何宇安死了，所以沒去交房租，房東帶著三個小孩來到二樓五號，她拿起備份鑰匙開了門，發現牆上已經有不少蜘蛛網，桌上的筆電也有一層灰塵，她擅作主張的把所有屬於何宇安的東西都清掉，並找來兩個男人，把屋子清理乾淨，回到洗衣店後，上租屋網貼上招租的消息，若無其事的繼續她的生活。對於下一個房客，她也是把鑰匙拿出來，要房客自己去看，由於條件不算差，很快的又租出去了。

新的房客是個四十歲的男人，小腹微凸但年輕時帥氣的臉龐仍在，在晾衣服的時候遇到了二樓八號的白衣女孩。

「妳好，我剛搬來，叫我新哥就行了。」

「我是怡華，可以幫我搬一下衣櫥嗎？」

「沒問題。」於是新哥跟在怡華後面進了房間。

「謝謝你！」搬好之後，怡華說。

「客氣什麼！大家都是鄰居，應該互相幫忙的。」

「我的腳受傷了，可以幫我脫鞋子嗎？」

「我幫妳看看。」此時怡華坐著將長裙拉高，新哥愣了一下，因為怡華並沒有穿內褲，新哥仔細檢察了怡華的腳，並未發現任何問題。

「我找不到那裡受傷了？」新哥還蹲在地上，抬起頭對怡華說。

「在這裡，還有這裡。」怡華再度拉起長裙，用左手比了腳踝和大腿內側，右手拉著新哥的手，撫摸她的大腿，新哥是個男人，被挑逗之後便站起來，把怡華抱上床，他很久沒碰女人了，跟怡華床戰了五個多小時，當他結束床戰之後卻發現自己獨坐在沙發上，一樓二號的沙發上，可是他沒有力氣站起來

了，他漸漸閉上眼睛面對死亡，旁邊是何宇安的屍骨，地上還有幾十個骷髏跟散落一地的骨頭。

新哥跟何宇安一樣，死了，所以沒去交房租，不過新哥是道上的兄弟，他的兩個小弟發現新哥已經很久沒出現，就來到住處敲門，不過沒人應門，此時李珊珊跟宋怡華同時出現，也順利將兩人騙上床，下場當然一樣，變成皮包骨躺在沙發上死去。房東在清除新哥的物品時，赫然發現一把槍和兩盒子彈，她嚇得不敢說話，把槍跟子彈用袋子帶走，在回程時把槍丟在排水溝裡，但回到洗衣店之後，再度上租屋網貼上招租的消息，也若無其事的繼續她的生活，對於每個想要租房子的房客，都是使用相同的理由，而男房客們也一個接著一個失蹤了，不過她並不在乎，除了可以搜括房客留下的財務之外，沒收押金的收入反而多過房租。

4. 妖后乍現

「珊珊姊‧最近都沒有男人‧怎麼辦？萬一妖后怪罪下來‧我們一定會被修理的很慘。」宋怡華問。

「我也不知道‧這棟樓的屋主‧除了二樓五號的女人還活著‧其他的都死了‧所以不可能也太多房客。」

「怎麼啦？」一個臉上充滿邪氣的短髮女人突然出現。

「恭迎陰山妖后。」李珊珊跟宋怡華異口同聲說。

「最近都沒有男人來此。」宋怡華說。

「蠢蛋‧憑妳們兩個的美貌‧那個男人不上鉤的‧他們不來‧你們不會利用愚蠢的大學生幫你們宣傳。」妖后說。

「請恕珊珊愚頓‧還請妖后明示。」

「我會讓兩條靈魂附身在兩個男人身上‧把這裡的所有房間打掃乾淨‧然後放出你們的好姊妹‧跟妳們一起到山下的大學‧那些宅男‧看到妳們‧會不來嗎？」妖后說。

「這個方法是很好，可是萬一學校來查呢？」宋怡華說。

「來一個，死一個，哈～～～」妖后詭異的笑完就消失無縱。

於是，兩人各騙了一個學生，不過她們沒有傷害這兩個學生，只是讓這兩個學生回到學校大肆宣傳。

「阿祥，我跟你說，我昨天送一個美女回家，就是後山那棟老房子。」

「真的假的，騙我你就死定了。」

「唉呀！朋友一場，我就老實告訴你，我送她回去之後，到她的房間聊了半小時，要不是因為她的姊妹來串門子，說不定我們就…嘿！嘿！嘿！而且啊！她的姊妹們也都很漂亮，各有各的特色。」

「阿文，是真的嗎？我也想去看看。」另一人說完，十幾個男同學起哄，吵著要去看。另一個學生的狀況也一樣，不過

他們都沒有被傷害，因為妖后的計謀是要讓這裡聲名大噪，她就可以吸乾這些男人的元氣。

消息很快就傳遍校園，三十幾個女鬼都有各自的愛慕者或追求者，然而他們都不知道自己已經踏上死亡的陷阱，這一天，李珊珊假藉慶生，來了四十幾個男生，宋怡華在切蛋糕後，跳起了脫衣舞，男生們很快就被激起了性慾，各自跟喜歡的女人上床去了，沒有女人的學生，眼巴巴的看著還在跳脫衣舞的宋怡華，忽然間妖后出現，她張開血盆大口，瞬間就把這些學生吸乾，當然，其他的男生下場也一樣。

學校失蹤了那麼多學生，當然是立即成立調查小組，而所有的證據都顯示跟後山的老房子有關。

「陳教官，你有什麼看法？」校長問。

「我會先去現場找，再決定是否要報警，家長那邊的聯絡，跟報警同時做。」

「要找個人幫你嗎？」

「不用，如果我明天沒來上班，就報警吧！」

「那不行，我不能讓你自己去冒險。」

「如果真的有問題，我希望只犧牲我一個人就好了。」

「好吧！你小心一點。」

「請問有什麼事嗎？」陳教官獨自一人來到老房子處，迎面而來的是李珊珊。

「我是學校的教官，我們學校的四十幾個學生說要來這裡幫一個女生慶生，結果都失蹤了。」

「你一定是弄錯了，這裡只有我跟另一個女孩，其他的房子都是空的。」

「可以讓我看看嗎？」當妖后看到陳教官的樣子，想起了昔日的情人，所以沒有出手傷害他

「請便。」陳教官逐戶的從窗外看進屋裡，並未發現任何學生，連一樓二號的屍骨也沒看到，因為妖后施了法。

「怎樣？是不是沒人！」

「謝謝妳。」

5. 警界之狼

學校最終還是決定報警，不過警方的態度並不積極，只是跟陳教官一樣，到現場稍微看了一下，原本想動手的妖后再度看到陪同的陳教官，她決定暫時不出手。

「這個案子有點奇怪，可是沒有證據可以顯示學生是在那裡失蹤的。」承辦的警察對陳教官說。

「我知道，那裡幾乎沒人住，不像是學生會去辦慶生的地方。」

「慶生？」

「學校的其他學生都說，這四十幾個同學是要去幫一個女孩慶生的，所以他們才會去那裡。」

「會不會去了別的地方？」

「應該沒有，我調了學校附近的所有監視器畫面，他們確實往那間房子的方向去了，除非，他們往更山裡去了，可是沒道理啊！那條山路是一條登山步道，如果學生在那裡，一定會被發現的，登山口的監視器也沒有拍到他們。」

「這麼奇怪？」員警的好奇心被激起，他決定深入調查。

員警回到派出所之後，把狀況報告給所長，所長做了決定，讓經驗比較豐富的刑警隊接手，不過這個員警不聽話，下班之後獨自調查，當他見到李珊珊的時候，面色如土，彷彿看到鬼一樣。

「怎麼？不認得我了。」李珊珊說。

「妳…不是死了？」員警露出慌張的表情結巴地說。

「我是死了沒錯，不過我沒投胎。」李珊珊目露凶光看著員警，員警冷汗直流，並跪下求饒。

「對不起，我當時也不想殺妳，妳一直反抗，我才錯手殺死妳的。」

「反抗？你想強姦我，我當然要反抗，沒想到你掐死我之後還姦屍，你是不是人啊？」李珊珊非常激動。

「姊姊，跟他囉嗦什麼？殺了他報仇就是。」怡華出現了，員警這時更緊張了。

「妹妹，怎麼可以讓他這麼容易就死，我要慢慢折磨他。」

「我也是被他姦殺的，他拿著槍逼我脫衣服，沒想到逞了獸慾之後，還是從我的胸部開了一槍。」怡華說。

「你自己說，還姦殺過幾個人？」李珊珊非常生氣地問。

「七個。」

「只有七個嗎？」另一個女鬼出現了。

「我不記得了。」員警跪著低著頭回答。

「我幫我你回答好了，十三個，另外還殺了這裡的屋主跟房客十五人，所以這裡的屋主全都死了，沒死的那個是因為他沒住這裡。」陰山妖后用非常清純的樣子出現了。

「小柔？」員警抬頭看著鬼后。

「哈～哈～哈～小柔？如果小柔還在的話，我一定讓她殺死你這個負心漢，她是我的孫女，已經魂飛魄散。」妖后說完便恢復充滿邪氣的短髮造型。

「別殺我。」員警跪著磕頭說。

「該死的畜牲！」妖后說完用力張開雙手，員警的四肢跟頭同時斷掉，但這只是靈魂被撕裂，身體還活著。

「交給你們三個處理了。」妖后說完就消失。

「姊姊，要怎麼處置他？」怡華問。

「拿他的槍，打爆他的蛋蛋。」

「好主意！」於是員警的下體、胸部、太陽穴都被自己的槍打中，血跡四處噴濺。

6. 社群網站

部份失蹤的學生，死前曾經在社群網站上留言，說老房子住了三十幾個美女，消息很快就傳開了，這些人開始在討論，該怎麼追這些女生？想辦法搬過去住、什麼時候一起到這裡看看等，討論度越來越高，於是有了第一個網民造訪。

「先生，有事嗎？」怡華問。

「是這樣的，我聽說這裡住了很多美女，所以想過來看一下。」網民看著怡華，口水都快流出來了。

「是的，我們這棟樓住的都是女生。」

「可以讓我認識她們嗎？」

「你想怎樣？我們可都是黃花大閨女。」

「我目前單身，想找一個喜歡的女生當女朋友。」

「原來是這樣，你等一下。」三十多個女人一字排開，網民驚呆了，這個也喜歡，那個也喜歡。

「怎樣？你喜歡誰？」怡華問。

「她！」網民走到李珊珊面前說。

「珊珊姊是我們這裡最漂亮的，你眼光不錯嘛！」怡華說。

「我真的很喜歡妳，妳可以跟我交往嗎？」網民含情脈脈地看著李珊珊說。

「如果你能幫我的姊妹們介紹男人，我就跟你交往。」

「真的嗎？」網民喜出望外，非常興奮。

「當然是真的，什麼時候要來？」

「嗯～星期天好嗎？」

「當然好啊！等你跟你的朋友喔！」

網民帶著做夢也會笑的心情回家，在社群網站上大肆宣傳，因為他想要取悅他的女神：李珊珊。回應的人數相當多，兩百多人報名，當然也有自己跑去老房子的，下場當然很悽慘。

「到底是什麼情形？」其中一個網民問。

「傳言是真的，三十七個美女，住在一棟老房子。」這個網民不知道，自己的舉動會害死很多人。

「我不信。」

「這個星期天，會有兩百多人去，到時候不就真相大白。」

「這麼多人去，那不就要跟大家競爭。」

「你們要競爭，我可不必，我已經有對象了，你怕競爭的話就別去了。」

「怕什麼？我一定會到的。」

「那就到時見。」

另外幾個社群網站也開始瘋狂討論這件事，於是那些自己一個人去的，三五成群去的，都成了妖后的階下囚，除了元氣被吸乾，靈魂也變成她的奴隸。

「做得不錯，可惜還不夠多人。」妖后說。

「星期天會有很多人來，還請妖后做好準備。」怡華說。

「好，非常好。」妖后聽了之後非常滿意。

「如果人太多的話怎麼辦？」李珊珊問。

「妳們只能應付一個人，我一次可以吸乾十幾個，還怕他們跑了嗎？況且，還有迷魂大法可以用。」

「迷魂大法？」怡華問。

「進到這個區域的人，都會被我控制心智，妳們再一個個吸乾他們便是。」妖后得意的說。

「多謝妖后恩賜。」三十多個女鬼異口同聲地說。

7. 鬼樓真相

結果當天到場的將近五百個男人，有十八歲的年輕人，也有六十多歲的，這景象可讓李珊珊非常滿意，妖后的笑容更是燦爛，那邪惡的樣子已完全消失，不過她已經悄悄的施了迷魂大法，所以男人們各個都是行屍走肉般，唯獨那個散發消息的網民沒有，因為李珊珊想讓他死前得到快樂。

「麻煩妖后解開對他的法術，畢竟他很喜歡我，這件事他算是最大功臣，我想讓他得到他想要的之後才死。」

「好吧！不過，妳不會捨不得他死吧？」

「珊珊不敢。」

「怎麼樣？快五百個人，妳還滿意吧？」網民問。

「滿意，我叫珊珊，你呢？」

「志偉。」

「我先去洗澡，你坐一下。」於是李珊珊把對何宇安的那一套又用了一遍，從未交過女朋友的志偉驚呆了，李珊珊慢慢挑起他的慾火，志偉終於忍不住而跟她做愛，在幾個小時之後，他只剩下皮包骨，躺在李珊珊的床上。

其他男人的下場都差不多，不過都是一個房間兩個男人，而妖后難得脫光衣物，一絲不掛的站在一樓的樓梯口，數十個男人圍繞著她，妖后任由這些男人撫摸，但男人只要接觸到她，片刻就被吸乾倒地，很快的，又輪到下一批，最後，妖后留下

十幾個男人，讓他們在房子旁的空地挖一個大洞，把現場四百多具屍骨全都埋進去。當十幾個男人醒來的時候，並不知道發生了什麼事，剛剛才吸了大量元氣的妖后跟女鬼們對他們興趣缺缺，所以讓他們逃過一劫。

　　幸運離開的人，開始在社群網站上寫下老房子沒有人的資訊，但還是有很多男人陸陸續續單獨前往，或是三五個人結伴的，這些人的失蹤，並未引起重視，因為妖后把屍體都處理掉了，而她要的是男人，只要有女人或是男女結伴來此，也不會被她或是其他女鬼殺死。

　　「恭喜妖后得到四百人的元氣。」李珊珊說。

　　「這些都是小菜而已，真正的大魚大肉還沒出現。」妖后的說法讓女鬼們議論紛紛。

　　「什麼是大魚大肉呢？」怡華問。

　　「練過氣功的高手、特殊生辰八字的人。」

「可是練氣功的高手多半禁慾或是很少動念，要讓他們來此恐怕沒那麼容易。」李珊珊說。

「確實，要騙他們來此沒那麼簡單，不過，主動出擊就不一樣了。」

「珊珊不明白。」

「利用這次的方法，找到他們。」

「妖后的意思是利用好色的男人幫我們找？」怡華問。

「沒錯！」

「可是前面這間大學，已經對我們起疑心。」李珊珊說。

「不一定要利用男生，女生也可以利用的。」妖后說。

「珊珊還是不明白。」

「妳們可以跟她們交朋友，這樣就可以得到想要的資料，到時就有機可乘。」

「為什麼要大費周章找氣功高手？」李珊珊問。

「妳們有所不知，一個高手勝過千百個男人，而且吸收了他們的元氣後，我們就不必再吸男人的元氣了，從此會自動吸收天地間所有靈氣，不出一年便能稱霸陰間。」妖后說。

「那特殊生辰八字的人呢？」怡華問。

「遇到的時候再說吧！可遇不可求。」妖后說完便消失無蹤，再接下來的日子幾乎沒有出現。

8. 護身符

經過了數個月的時間，李珊珊跟宋怡華總算從女學生那邊打聽到了幾個練氣功的團體，她們兩個冒險離開鬼樓，打探這幾個團體的消息，不過沒有結果。

「都是些老人，對我們幫助不大。」李珊珊說。

「我這邊的兩個團體也是，不知道其他姊妹的狀況如何？。」怡華說。

「不用找了，我已經鎖定一個人了。」一個女鬼說。

「小玉,恭喜妳了!妖后知道這件事的話,一定有重賞。」李珊珊說。

「那還用說。」

「說說他的情形吧!」怡華說。

「這個男人大約三十歲開始練功,目前四十二歲,聽說是個天才,已經達到睡覺也在練功的境界,平常是個筋骨調理的師傅,也會用氣功幫人治病。」

「這麼神奇啊!他是那個團體的?」李珊珊問。

「妳想搶功勞嗎?」小玉帶著敵意看著李珊珊。

「我想知道他的團體中,是不是有其他的高手罷了,我才不敢跟妖后爭呢!瞧妳緊張的。」李珊珊說。

「諒妳也沒這個膽,他叫做彭益真,是華南太極氣功協會的人,他們每天都在觀音山上練功三小時。」

「妖后知道了嗎?」怡華說。

「妖后已經九十九天不見蹤影，好像是在練陰陽快速調合術，據說可以更快吸乾男人，明天應該就會出現了。」李珊珊說。

「忙一整晚，我要休息了。」小玉說完便不見了。

「我們去觀音山上探探吧！」怡華說。

「走吧！」

觀音山頂的平台大約兩百坪大，風景非常棒，有著三百六十度的視野，三十多名練氣功的男女，有老有少，其中一人盤坐不動、雙眼緊閉、呼吸頻率比一般人久很多，他就是彭益真，小玉從他背後偷偷靠近，右手摸著他的肩膀，忽然間彭益真發出萬道金光，小玉瞬間灰飛煙滅，彭益真並未停止盤坐，反而像是不知情，一旁的李珊珊跟宋怡華知道有問題，於是悄悄跟著彭益真回家，脫去衣物洗澡的他，脖子上掛了一張護身符。

「是山腰上那間觀音廟的護身符。」李珊珊說。

「其他人也都有。」宋怡華說。

「這下難辦了。」

「明天再問妖后看看吧！」

「也只好如此了。」

「不知妖后的陰陽快速調合術練得如何？」李珊珊問。

「已經練成，氣功高手的事調查的如何了？」妖后問。

「找到了一個高手，不過他有觀世音菩薩的護身符，我們無法太接近，他們總共有二十三個男人，十個女人，只有一人沒有戴護身符。」李珊珊說。

「小玉呢？」妖后看了女鬼們之後問。

「她碰了那個高手的肩膀，那高手忽然間發出萬道金光，小玉當場灰飛煙滅。」怡華說。

「這個男人不簡單，妳們先不要去惹他，說不定他是高僧轉世，他旁邊的人恐怕都不好惹。」妖后說。

「那還要盯著他們嗎？」怡華問。

「先不用，先去打探別人吧！」

「知道了。」

9. 妖氣沖天

「金海師兄，我是彭益真，有事拜託。」彭益真拿起手機撥出。

「什麼事可以難倒你的？」陳金海說。

「師兄說笑了，你能知過去跟未來，怎麼可能不知道我的困難！」

「唉！你這個師弟，有事才會想起我。」

「師兄！我真的遇到大麻煩了。」

「我知道啦！碰你的那個女鬼，是陰山妖后的第五個徒弟，她想搶功勞卻被你身上的護身符給滅了。」

「師兄果然厲害，什麼都瞞不了你。」

「別拍馬屁了，這個陰山妖后不簡單，想收服她，還需要你跟其他師兄弟的幫忙，而你，是關鍵。」

「怎麼說？」

「你是她的剋星，她想用陰陽快速調合術吸你的元氣，你的氣功會在開始配合她，不過，很快就會變成你吸她的能量，而且她無法阻止你。」

「哇！要我去吸她的能量？師兄的玩笑開的太大了吧？」

「我沒開玩笑，這是收服她最好的辦法！」

「那你跟師兄弟們要做什麼？」

「她們有三十幾個女鬼，個個國色天香，沒定力的，去了反而會礙手礙腳，說不定還會被吸乾。」

「師兄，這麼危險還要我對付妖后？」

「你怕了？」

「誰怕了。」

陳金海跟彭益真約在大學門口見面，兩人見到學校後山的妖氣沖天大吃一驚。

「怎麼可能？」彭益真說。

「好大的妖氣，我們要對付的恐怕不止是妖后，我算一下，幫我護法。」陳金海閉目後彭益真面對後山方向。

「怎樣？是什麼？」彭益真問。

「陰山妖王，比妖后厲害十倍以上。」

「開什麼玩笑？那怎麼辦？」

「召集所有師兄弟跟九五幻術會的人。」

「那要花上好幾天，甚至十幾天呢！」

「快做就對了，慢了就來不及了。」

「你好，我是陳金海，他是彭益真。」

「兩位有什麼事嗎？」大學校長問。

「要麻煩貴校暫停上課十天，撤離所有人員。」

「為什麼？」陳教官問。

「之前貴校不是有很多學生失蹤，在後山那間老房子。」陳金海手指鬼屋方向。

「你怎麼知道？」陳教官問。

「他們全死了，之後還有四百多人也在那裡死了。」

「要先報警嗎？」校長問。

「警察會抓壞人，但無法降妖伏魔，等事情結束再說。」

「降妖伏魔？」陳教官一臉疑惑看著陳金海。

「天眼～開！」陳金海手指陳教官眉心，彭益真則是幫校長開了天眼。

「你們看。」陳金海要兩人朝後山方向看去，鬼屋的位置發出淺綠色的光線，高度達五百公尺高，寬兩百公尺。

「那是什麼？」校長問。

「妖氣，這種顏色的妖氣，至少已經累積四五百年，校長，可以告訴我們，這裡的歷史嗎？」彭益真說。

「這裡原本是公墓，董事會買通了縣長跟立委，把這裡變更成學校用地。」

「這就說得通了。」彭益真說。

「不，應該還有別的故事。」陳金海說。

「那棟老房子跟它前面的教學大樓，以前是亂葬崗，荷蘭人攻打台灣時死了不少人，後來鄭成功來，又死了很多人，根據史料記載，那裡應該埋了上千人。」校長說。

「所以這一帶，總共有一千多個冤魂，還有妖王跟妖后？」彭益真看著陳金海問。

「大約兩千。」

「這麼多？」校長說。

「你們還是快撤離學生跟老師吧！連警衛跟工友都不能留下，萬一來不及就麻煩了。」陳金海說。

「怎麼說？」陳教官問。

「萬一我們還沒準備好，陰山妖王就出現，那就會死很多人。」彭益真說。

「這麼嚴重？」校長說。

10. 降妖

十天後的傍晚，校園早已空無一人，月亮緩緩升起，農曆十五的月亮非常大，妖氣更盛了，高度超過一公里，寬度也來到五百公尺，並隨著月亮的高度越來越強大。陳金海帶領的九五幻術會跟彭益真為首的六合神盾會在學校門口會合。

「怎麼會這樣？」彭益真問。

「是月光的關係，彭師弟，你也可以吸收月光的能量對抗他們啊！」陳金海說。

「你們這麼多人，還找我來？」

「我們只對付妖王，妖后、女鬼、孤魂野鬼都歸你們。」

「真不公平，你們九十五個人對付一個，我們三十六人要對付兩千個鬼，還有一個妖后。」

「不然交換好了，你們對付妖王。」

「我才不要，你不是說妖王比妖后厲害十倍。」

「知道就好，準備布陣。」

六合陣是每六人形成一個圓，面朝外，六個六合陣所形成的六合神盾能夠抵擋大部份的陰界攻擊，因此，縱然有源源不絕的攻擊，他們都能夠迎刃而解，直到妖后出現，她使用了陰陽快速調合術，部份的師兄弟被瞬間吸乾，彭益真想起陳金海的話，故意讓妖后靠近自己，讓妖后開始吸收自己的元氣，一開始妖后還露出得意的笑容，但她不知道中了彭益真的計謀，彭益真雙目緊閉·突然間·妖后的能量反而被彭益真快速吸收。

「啊～～～妖王，救我。」妖后發出淒厲的呼救聲，但由於彭益真的氣功太厲害，妖王還沒出現，她就被吸光九成的能量，宋怡華跟李珊珊趕來護主被陳金海用葫蘆收走，終於，妖后的能量完全消失，而身形巨大的妖王眼睜睜看著妖后漸漸變小直到不見，他大發雷霆，一出手就讓一個六合陣飛上三丈高再摔落，陳金海使出飛旋銅劍跟妖王周旋了一會。

「沒用？那就用龍飛九天吧！」陳金海說完，九十五人迅速排成一條龍的樣子，每個人都結了不同的手印，瞬間化成一條金黃色的飛龍，直撲妖王，妖王雖然厲害，但面對飛龍的攻勢，只能防守無法攻擊。

「益真，快吸他的能量。」陳金海大喊，彭益真等人開始吸收妖王的能量，腹背受敵的妖王雖然殺死了幾個人，但由於能量大減，漸感不支，陳金海再度使用飛旋銅劍，將妖王的手腳都斬斷，此時的妖王能量加速留失，終於露出本來的樣子。

「是荷蘭人！」彭益真說。

「收！」陳金海拿出葫蘆將妖王收入。

「終於大功告成。」彭益真說。

「還沒結束呢！這裡的亡魂需要超渡。」

「這種事，交給師兄弟們就行啦！」

「你吸收了這麼多能量，一下子增加五百年的功力，還不回饋一下？」

「師弟遵命。」

「有些沒參加戰鬥的，想辦法讓他們投胎吧！老是讓他們灰飛煙滅也不好。」

「我知道了。」

「謝謝你們的幫忙，我能做些什麼嗎？」校長問。

「六合神盾會死了七個人，厚葬他們，還有，那棟鬼屋跟教學大樓最好拆掉，把附近的屍骨全部清出來火化，我的師弟彭益真會跟你配合的。」陳金海說。

「如果不拆的話會怎樣？」陳教官問。

「這裡跟陰間有一種特別的連結，不拆除，以後還是可能再發生大事。」

「那應該怎麼辦？」校長問。

「用女媧石當建材重建，應該可以保持五百年沒事。」

「五百年後呢？」陳教官問。

「對不起，在下功力僅止於此。」

「師兄太客氣了，你不是說會～」彭益真說。

「天機不可洩露，走吧！」陳金海打斷他。

- 完 -

後　記

在這三個題材中，我寫的順序是撿屍魔、通往陰間的陽台，然後才是鄰居是女鬼。我把撿屍魔寫得很變態，而現實中，也確實有人像他的喪心病狂，但我比較擔心的是會不會被退稿？讀者看了之後，會不會覺得我很變態？怎麼會寫這樣的東西啊？？？自己在校稿的時候，都覺得不寒而慄，我怎麼會寫成這樣啊？但鬼故事不就是要越恐怖越好嗎？！

通往陰間的陽台算是我個人的遭遇改編的，那是 2004 年初的事了，因為工作的關係，被老闆調到馬來西亞的吉隆坡住了一個半月，我的宿舍算是非常高級，在市中心，有立體停車場，傢俱都是高檔貨，空間大約二十五坪，我到的第二天，因為很悶就走到陽台看風景，二十三樓高往下看確實有點可怕，更可怕的是只要靠近陽台，就有一股往下跳的衝動，或許真的是因為戴了護身符的關係，所以我的腦海裡有另一個聲音出現，別過去，她會騙你跳樓，之後我又試了兩次，兩次的結果都跟第一次一樣，於是，在之後的日子我就不靠近陽台了，如果當時跳下去，就沒有這個故事了。

　　鄰居是女鬼其實是暗示飛來的豔福要小心，那些女人也許不會吸乾你的身體，但會把你的財產榨乾倒是真的。故事的由來是三十年前，營區內一位老士官長，大約五十歲，一位三十一歲的女人對他很好，他也很快墜入愛河，但他墜入的其實是錢坑，女人五萬十萬的借，在士官長上吊前一天，我聽到他們在吵架，士官長說她只會要錢，幾百萬的積蓄都給她了，還想叫他跟連上長官借，於是兩人大吵，第二天就發生憾事。另一方面，是提醒大家在社群網站中要學會保護自己，網友找你去做什麼？投資什麼？都要特別小心，別被人賣了還幫他數鈔票。六合神盾跟九五幻術會是虛構的，但結手印會有某些作用產生是真的，別不相信，只是我們的修為還太淺，無法得知罷了。

　　連續寫了六個短篇，其實有點意猶未盡，不過我知道自己需要充電了，能量漸漸不足的狀況下，坐在電腦前面不到一分鐘就想站起來，這時我會先使用快充，就是坐在馬桶上一邊上廁所一邊玩麻將遊戲，五分鐘後大概就有一點電力寫個幾十字到幾百字，但有時候快充會沒有用，就算到樓下晃晃再回到椅子上還是腦袋空空，專注力非常低，就算喝兩杯咖啡也一樣，

什麼都想不出來，就像是一條牙膏，已經所剩不多，無論怎麼擠都擠不出東西來了！

我的音樂此時播放著梁文音的哭過就好了，我喜歡她的聲音像張清芳，但更溫柔些，兩者還是有差別的，MV的另一個女生是陳妍希，那時她還沒演那些年，清純的模樣讓人看了就讓人心動，不是嗎！？為什麼扯到這裡呢？猜一下，試想，如果宋怡華是陳妍希，那麼何宇安的死就會變得理所當然了，對吧！？當何宇安輕易就被李珊珊誘惑，宋怡華自然就沒阻止李珊珊將何宇安吸乾的動力了。每次聽完哭過就好了，就會想聽范逸臣的放生，兩首都是在談用情不專，而放生這首歌，對我似乎有種特別的魔力，每次一聽就欲罷不能，沒有聽個五遍十遍是不會換歌的，我知道這不健康，因為這代表著自己還沒走出情傷，但愛情的樣子就是如此，即使經過了三十年，傷痕還在，只是不痛了，對吧！？

不知不覺中，天又快亮了，也是我哈欠連連的時間到了，天亮睡覺天黑寫作的日子或許不正常，但我在寫作的時候是快樂的，撐不下去了，準備睡覺。

國家圖書館出版品預行編目資料

撿屍魔／藍色水銀 著. —初版.—
　臺中市：天空數位圖書 2020.02
　面：公分
　ISBN：978-957-9119-69-6（平裝）

863.57　　　　　　　109001342

發 行 人：蔡秀美
出 版 者：天空數位圖書有限公司
作 者：藍色水銀
編 審：李維斯
製 作 公 司：傑拉德有限公司
　　　　　　　新創譽有限公司
版 面 編 輯：採編組
美 工 設 計：設計組
出 版 日 期：2020 年 02 月（初版）
銀 行 名 稱：合作金庫銀行南台中分行
銀 行 帳 戶：天空數位圖書有限公司
銀 行 帳 號：006-1070717811498
郵 政 帳 戶：天空數位圖書有限公司
劃 撥 帳 號：22670142
定 價：新台 270 元整
電子書發明專利第 Ｉ 306564 號

Family Sky

紙本書編輯印刷：
電子書編輯製作：
天空數位圖書公司 E-mail：familysky@familysky.com.tw　http://www.familysky.com.tw/
地址：40255台中市南區忠明南路787號30F國王大樓　Tel：04-22623893　Fax：04-22623863